Dit been is korter

Jan de Zanger

Dit been is korter

Leopold / Amsterdam

Derde druk 1992

Omslagillustratie Cri Smith
Omslagontwerp Keja Donia
NUGI 222 / ISBN 90 258 4817 6 / CIP

Deel I – *november*

1

Was hij werkelijk zo naïef? Hij had altijd gedacht dat ze elkaar toch nooit zouden zien. En nu zat hij met de problemen. Hoe zou ze reageren als ze hem zag?

Hij vouwde de dichtbeschreven lichtblauwe velletjes weer op en schoof ze in de luchtpostenvelop met de grote kleurige postzegels. Vogels. Bloemen. Marry had wel eens geschreven dat ze probeerde iedere keer andere postzegels op haar brieven te plakken. Op die brieven die steeds dikker geworden waren, net als de zijne.

Met de brief in zijn ene hand, zijn tas in de andere, liep hij de kamer uit. In de gang en op de trap probeerde hij zijn passen zo regelmatig mogelijk te maken. Als hij eraan dacht en als hij niet zieliger deed dan hij in werkelijkheid was, hoefde niemand iets aan hem te zien. Nou ja, zolang de mensen niet naar zijn schoenen keken tenminste.

Hij smeet zijn tas in de hoek naast het bureau dat hij van opa geërfd had en liet zich languit op zijn bed vallen. Ze kwam, ze schreef dat ze kwam, met haar moeder en haar broertjes, en ze vroeg of hij naar Schiphol wilde komen om haar af te halen. Ze wilde niet langer wachten dan nodig was, geen minuut, ze wilde hem zien zodra ze eindelijk in Nederland was. Ze wilde doen waar ze al zo lang naar verlangd had: haar armen om hem heen slaan en hem dicht tegen zich aan voelen.

Tot zo ver was er niets aan de hand, dacht hij, en als ze dan in beweging kwamen en door de drukke aankomsthal liepen, zou ze misschien nog niets merken. Maar daarna, buiten, als ze over die eindeloos lange parkeerplaats naar de auto van haar oma liepen, dan moest ze die dikke zool onder zijn linker schoen wel zien.

Hij keek op zijn horloge. Bijna drie uur. Nog drie kwartier voordat zijn moeder thuiskwam. Zou zij het eigenlijk al weten? Door haar was het allemaal begonnen, meer dan een jaar geleden. Toen hij thuiskwam, zat zijn moeder met een luchtpostbrief aan de tafel in de eethoek en ze had tranen in haar ogen.

'Is er iets?' had hij gevraagd.

'Een brief van een vriendin van vroeger,' zei zijn moeder. 'Van Linda. Ik heb jarenlang niets meer van haar gehoord en nu schrijft ze dat haar man gestorven is.'

Hij was tegenover haar aan tafel gaan zitten en had de lege envelop opgepakt. Mevrouw Emmy Slot-van Dongen, stond er onder de grote kleurige postzegels uit Argentinië. En op de achterkant: Linda Montez-Breukink en daaronder dat ingewikkelde adres dat hij nu al lang uit zijn hoofd kende.

Nu hoefde hij haar niet meer te schrijven. Vandaag over een week zou ze al op Schiphol landen. Om 19.22 uur, schreef ze. 'Is het dan al donker, of kan ik Holland eerst nog uit de lucht zien? Ik ben nieuwsgierig naar wat vliegen is, ik ben nooit in een vliegtuig geweest.'

Haar Nederlands was in dat jaar steeds beter geworden. 'Jij stelpt mij met vragen over,' had ze op zijn eerste brief geantwoord. Zijn moeder had hem bijna gedwongen die brief te schrijven, zo voelde hij het toen tenminste. Zijn moeder had haar vriendin Linda meteen teruggeschreven en de dagen daarna had hij steeds meer verhalen over die oude vriendschap te horen gekregen.

Ze hadden elkaar op de kweekschool leren kennen en waren al heel gauw dikke vriendinnen geworden. 'We deden alles samen. Een paar keer zijn we zelfs op dezelfde jongen verliefd geweest. Totdat Linda tegen die Alfonso opliep.' Zijn moeder mocht die Argentijn niet, maar Linda was op stel en sprong met hem getrouwd, in de zomervakantie voor het laatste jaar op de kweekschool. 'Ze was twintig,' zei zijn moeder, 'en hij was al dertig geweest, tweeëndertig geloof ik. Hij had hier een zomercursus aan de landbouwschool gevolgd. Ze is met hem meegegaan naar Argentinië, hij had daar een boerderij. We hebben elkaar nog een hele tijd geschreven, nog ruim vier jaar, tot een paar weken nadat jij geboren was. Linda had een paar weken daarvoor ook haar eerste kind gekregen, een dochtertje. Jullie zijn even oud, Maria en jij. Bijna zeventien jaar hebben we niets meer van elkaar gehoord. En nu dit ineens. Daar zit ze nou met drie kinderen ...'

Een paar weken later was er weer een brief uit Argentinië, een dikke.

'Linda schrijft dat haar dochter zo graag met iemand van haar eigen leeftijd in Nederland zou corresponderen. Linda heeft haar kinderen zelf Nederlands geleerd, maar ze schrijven het alleen maar met hun oma.'

Ze had naar de foto's uit de dikke brief zitten kijken en er één over de tafel naar hem toe geschoven: 'Kijk, hier staat ze op, Marry, zoals ze genoemd wordt, met haar vader en moeder, en met haar broertjes.' Ze keek in de brief en zei toen: 'Victor en Boy.'

Veel was er niet op te zien. Een nogal stijf familiekiekje. Vader en moeder achteraan, vader met een hand op de schouder van zijn dochter, moeder Linda met haar handen op de schouders van haar zoontjes. Hoe verzonnen ze het!

Marry was donker, net als haar vader. Zwart haar, zwarte wenkbrauwen, zwarte ogen, die ook nog eens extra zwart recht in de camera keken, alsof ze ergens verschrikkelijk de pest over in had. Ze leek ouder dan hij, een volwassen vrouw, mooi, maar op een andere manier mooi dan haar lange, blonde moeder.

Over de rand van de foto had hij naar zijn eigen moeder zitten kijken. Als hij de rimpeltjes naast haar ogen weg dacht en probeerde die scherpe vouwen naast haar mond niet te zien, zag hij haar zoals ze was op de trouwfoto in het album met de hele reportage van haar trouwdag. Een sterke, knappe jonge vrouw.

Dat moest een stel mooie vriendinnen geweest zijn. Vroeger. En eigenlijk nu ook nog. Als zijn moeder maar eens wat vaker lachte.

'Zou jij haar niet eens willen schrijven?' had zijn moeder gevraagd.

Hij had zijn schouders opgehaald.

'Wat moet ik zo'n meisje nou schrijven? Ik ken haar helemaal niet ...'

'Je kunt haar toch vertellen wie je bent, waar je op school zit, welke vakken je in je pakket hebt, wat je ervoor moet doen, dat je paard rijdt. Je woont nota bene in de stad waar haar moeder tot haar twintigste geleefd heeft, je komt door dezelfde straten, je zit ook wel eens aan de IJssel naar de boten te kijken, net als wij vroeger deden. Haar grootmoeder woont hier nog in de stad. En je kunt haar vragen op wat voor school zij zit en of ze hobby's heeft. Het gaat er maar om dat ze de kans krijgt om Nederlands te lezen en te schrijven. Dat wil ze zelf graag.'

Diezelfde avond aan tafel had zijn moeder tegen zijn vader gezegd:

'Er was weer een brief van Linda. Ze klaagt nogal. Die boerderij brengt net genoeg op om zuinig van te kunnen leven en de hypotheekrente te betalen. Aflossen is er niet bij. En die hypotheek is zo groot, dat het geen zin heeft om het bedrijf te verkopen, want dan krijgt ze nog bijna geen geld in handen.'

Zijn vader had afwezig geknikt en iets onverstaanbaars gemompeld.

Een poosje later zei zijn moeder:

'Linda zou het leuk vinden, als Marry een brief van Ron kreeg. Dat meisje wil zo graag goed Nederlands leren en ze zijn even oud en ...'

'Linda! Linda!' was zijn vader uitgeschoten. 'Ik hoor verdomme al wekenlang niks anders dan Linda dit en Linda dat en Linda schrijft en vroeger zei Linda altijd. Hou nou toch eens op met dat gezeur over die Linda, ik heb al genoeg aan mijn hoofd.'

Die avond had hij zijn moeder vrijwillig geholpen met de afwas en daarna was hij naar zijn kamer gegaan om een brief te schrijven.

Hij schrok op toen hij de buitendeur in het slot hoorde vallen. Hard. Dat moest zijn moeder zijn, zijn vader deed alles veel zachter, die sloop bijna door het huis.

Hij kwam overeind en bleef even op de rand van zijn bed zitten. Als hij nu te vlug opstond, kon hij weer zo'n duizeling krijgen. Niets ernstigs, had de dokter gezegd, hij groeide te hard, niets om je zorgen over te maken. Maar dat deed hij wel, al had dat niets met die duizelingen te maken.

Met de brief van Marry in zijn hand liep hij rustig de trap af. Voortaan moest hij er steeds aan denken, gelijkmatige passen, met beide benen even lange stappen, niet dat ene been achter zich aan slepen. Dat moest hij zichzelf nu maar eens aanwennen, ook als hij thuis was, ook als hij ergens helemaal alleen was.

'Hallo, je hebt je brief gevonden?' zei zijn moeder. Ze zag er moe uit. Toch was ze op vrijdag altijd vroeger thuis dan op de meeste andere dagen, als er na schooltijd nog zo nodig een teamvergadering gehouden moest worden, of een leerlingenbespreking, of een overleg met de oudercommissie.

Hij hield de brief van Marry omhoog.

'Groot nieuws,' zei hij. 'Of heb jij ook een brief van Linda gekregen?'

Hij vroeg zich ineens af of hij dat volgende week nog zo gemakkelijk zou zeggen. Linda. Tante Linda klonk zo lullig, en mevrouw kon natuurlijk helemaal niet.

Zijn moeder keek hem vragend aan en schudde toen haar hoofd.

'Ze komen naar Nederland,' zei hij. 'Volgende week al. Vandaag over een week. Vrijdagavond om tien voor half acht zijn ze op Schiphol. Marry vraagt of ik haar af kom halen, samen met haar oma.'

Zijn moeder schudde haar hoofd alsof zij het niet kon geloven.

'Hoe kan dat nou?' zei ze. 'Linda heeft een paar keer geschreven dat ze Nederland waarschijnlijk nooit meer zou zien, omdat ze niet wist hoe ze dat financieel moest klaarspelen.'

'Marry schrijft dat ze alles verkocht hebben. Ze gaan eerst bij haar oma wonen en dan proberen ze iets anders te vinden.'

'Mag ik die brief eens lezen?' vroeg ze.

'Nee,' zei hij. 'Dit is een brief van Marry voor mij.'

Bah, wat een rotstemming, dacht hij, terwijl hij aan zijn bureau ging zitten. Toen zijn vader thuiskwam had zijn moeder enthousiast verteld dat Linda met de kinderen naar Nederland kwam. Zijn vader had meteen gezegd dat ze vooral niet moest denken dat híj tijd had om háár vriendin aangenaam bezig te houden en dat hij verwachtte dat die kinderen niet steeds hier over de vloer zouden komen, want hij had rust nodig, anders kon hij zich niet concentreren, hij had toch al zoveel te doen en de werkomstandigheden waren van dien aard, dat hij het zich niet kon permitteren achter te raken ...

'En Ron heeft z'n tijd ook hard nodig. Zo goed gaat het niet op school.'

Ze hadden zwijgend gegeten. Dat was altijd nog het ergste. Als ze een knallende ruzie hadden kon hij zich in zijn kamer terugtrekken en zijn koptelefoon opzetten. Maar dat zwijgen! Zijn moeder met een rood huilerig gezicht, zijn vader gesloten, bokkig, donker. Daar kon hij niet zo gemakkelijk van weglopen, daar moest hij bij blijven zitten tot ze klaar waren met eten en intussen dacht hij dan voor de zoveelste keer dat ze beter uit elkaar konden gaan. Ze konden allebei toch opnieuw beginnen. Zijn moeder zag er goed uit, hij zag heus wel dat er op straat naar haar gekeken werd. En zijn vader was met z'n vijfenveertig jaren ook nog lang geen ouwe vent, hij maakte nog een lenige indruk, al deed hij nooit iets aan sport. Maar ze waren altijd thuis, allebei, ze hadden kennelijk geen behoefte aan een ander. En met elkaar maakten ze steeds ruzie, vooral doordat de één het gevoel had dat de ander op zijn terrein kwam.

Hij vouwde de brief die zijn moeder niet had mogen lezen open. Ze was wel een beetje beledigd geweest, maar dat moest dan maar. Hun brieven waren steeds langer geworden. En steeds intiemer. Hij kon zijn moeder toch niet laten lezen dat Marry ernaar verlangde dat lange lijf van hem helemaal tegen zich aan te voelen?

'Wat is je taal toch moeilijk!' had ze geschreven toen hij haar erop gewezen had dat 'Jij stelpt mij met vragen over' geen goed Nederlands was. Ze had verteld dat ze alleen maar een Nederlandse brief kon schrijven met behulp van een woordenboek en een grammatica, en toen ze het woord 'overstelpen' gevonden had, was haar de zin te binnen geschoten die haar moeder haar vroeger eens geleerd had: 'De veerman zet de mensen over.' Daar had haar moeder verhalen bij verteld over de IJssel, daarom had ze dat zinnetje zo goed onthouden.

'Ik wil met jou langs de IJssel lopen,' schreef ze. 'Ik wil met jou bij de veerman op de boot en varen. Op de IJssel. Maar dat kan niet.'

'Mijn meeste vriendinnen hebben een vriend,' schreef ze twee brieven later. 'Ik heb jou, een papiervriend, briefvriend, fotovriend, lief maar niet warm. Ik wil je voelen, ik voel papier.'

Bij die brief had ze de foto gestuurd die hij niet aan zijn moeder had laten zien, de foto waarop ze glimmend en druipend op de rand van een zwembad omhoog klom naar de fotograaf. Ze was zo mooi en dit meisje wilde volgende week zijn lange lijf tegen zich aan voelen.

'Schrijf alles over jouzelf,' had ze gevraagd en dat had hij gedaan. Alleen over die dikke zool onder zijn linker schoen had hij nooit iets geschreven. Op de foto's die hij haar gestuurd had, zag je nooit zijn voeten, behalve op die ene, toen hij op het grootste paard van de manege reed, maar daarop was alleen zijn rechter laars te zien.

2

Zaterdag, manegedag. Daar kon hij zich de hele week op verheugen.

Toen zo omstreeks zijn achtste jaar steeds duidelijker was geworden, dat hij op school met veel gymnastiekoefeningen niet goed mee kon komen, terwijl hij bij allerlei balspelen, op school en op straat, als laatste gekozen werd en dan nog maar voor spek en bonen meedeed, had zijn vader gezegd dat hij toch iets aan sport moest doen. Alle spieren van zijn lichaam moesten ontwikkeld worden, niet alleen die van zijn linker been.

Zijn vader had links en rechts geïnformeerd, maar op den duur waren er toch maar twee echte mogelijkheden overgebleven: zwemmen en paardrijden.

'Als je maar weet dat ik niet naar zo'n club voor gehandicapten ga,' had hij gezegd.

Zwemmen wilde hij liever niet, dan zou iedereen kunnen zien dat zijn linker been dunner was dan het andere. Dus werd het paardrijden.

Nou ja! Hij moest er nog steeds om lachen, als hij terugdacht aan die allereerste keer. Wat was hij helemaal? Een klein ventje van bijna negen jaar, een beetje in elkaar gedoken omdat hij altijd dacht dat de mensen naar hem keken, en omdat hij bang was uitgelachen te worden. Rob, die toen voor hem nog meneer De Bruin was, had de makste oude pony van stal gehaald en hem er meteen bij geroepen, hij moest helpen met opzadelen. Rob had aan één stuk door gekletst en zoveel aanwijzingen tegelijk gegeven, dat meer dan de helft langs hem heen ging. Al die handelingen die hij nu automatisch in de juiste volgorde verrichtte, waren toen nieuw en zelfs een beetje verontrustend geweest.

'Als je dit niet goed doet ...,' had Rob gezegd. 'En als je de singel niet genoeg aantrekt ... Je moet er rekening mee houden dat een paard geen fiets is. Een fiets kan niet schrikken, een paard wel. En dan heeft een paard geen terugtraprem. En ook geen handremmen!'

Rob had de pony naar de binnenmanege geleid en hem er op getild en toen had hij rondjes gestapt, eindeloos veel rondjes. Zijn vader en moeder zaten met trotse gezichten achter de grote ramen van de kantine: hun zoon reed paard! In werkelijkheid reageerde de pony alleen maar op de stem van Rob, die hem steeds nieuwe aanwijzingen gaf. Hoe hij zijn handen moest houden, zijn duimen bovenop, je zit hier geen piano te spelen. Hoe hij zijn armen moest houden, ellebogen in je zij. Rechtop zitten, kijk tussen de oren van je paard door naar voren. Zit stil in dat zadel, leg je dijbenen er tegenaan. Draai de punten van je laarzen niet zo ver naar buiten. Stil zitten in je zadel, zeg ik je, je lijkt wel een klontje boter in een hete koekepan!

Doodmoe was hij na een half uur geweest, maar hij had zich voorgenomen een goede ruiter te worden. Toen al. Zoiets fijns had hij nog nooit meegemaakt.

Zijn vader had het bij het juiste eind gehad, dat moest hij toegeven. Toen hij eenmaal merkte dat hij met zijn linker been niet zo goed kon drijven als met zijn rechter, waardoor het paard minder goed in de juiste stelling gebracht kon worden, was hij allerlei oefeningen gaan doen. Natuurlijk zouden die twee poten van hem nooit hetzelfde worden, dat had hij nou eenmaal met zijn geboorte meegekregen, maar ook zijn linkerbeen had nu spieren waar bij behoorlijk wat mee kon doen. En toen hij tot de ontdekking kwam dat je voor het uitmesten van een stal een paar sterke armen en een stevige rug nodig had, had hij zijn repertoire aan ochtendoefeningen uitgebreid.

Het was een vaste gewoonte geworden. Elke ochtend een kwartier oefenen en daarbij was het werken met de halters het belangrijkste onderdeel.

'Maar een goeie ruiter word je niet doordat je krachtige spieren hebt,' zei Rob eens. 'Kijk maar eens naar wat kleine kinderen soms met een sterke pony kunnen bereiken. Je moet er gevoel voor hebben, en dat heb jij gelukkig.'

'Hallo, Ron,' zei Rob terwijl hij op zijn horloge keek. 'Je bent laat vandaag. In de stal staat iemand op me te wachten. Iemand die die jonge merrie wil kopen. Als jij deze les van me overneemt kan ik er gauw naartoe. Als het goed gaat moet jij straks maar eens laten zien wat die merrie onder het zadel allemaal kan. Als ik de prijs krijg die ik ervoor in mijn hoofd heb, schiet er voor jou ook wel wat op over.'

'Neem jij mijn helm en mijn jack dan even mee,' zei hij. 'Daar heb ik hier alleen maar last van. Is er iets bijzonders waar ik op moet letten?'

Rob schudde zijn hoofd en keek nog eens naar de twee kinderen die op makke pony's rond stapten.

'Nee,' zei hij. 'Het is hun derde les pas. Werk vooral aan hun houding. Nog maar geen galop, zo stevig zitten ze nog niet.'

Hij keek even schuin omhoog naar de kantine. Achter de grote schuin voorover hellende ramen zaten drie mensen, twee vrouwen en een man, de trotse ouders van de jonge ruiters.

'Zo, jongens,' zei hij, 'hoe heten jullie?'

'Bart,' zei de voorste.

'Wendy,' zei de achterste.

'Mooi zo, dan gaan we beginnen met eens niet zo dicht achter elkaar te rijden. Iedere pony moet op zijn eigen benen lopen en niet alleen maar achter de andere aansjokken. Straks op het midden van de lange zijde moet Bart afwenden en Wendy blijft gewoon de hoefslag volgen. En denk erom, Wendy, hij probeert natuurlijk achter de pony van Bart aan te gaan, maar jij bent de baas, denk aan je teugels en vooral aan je benen, want daar moet je het van hebben. Ja, ja, goed zo! Zo, Bart, en nu de hoefslag links volgen, zo zitten jullie een flink stuk uit elkaar.'

Zo moest Marry hem eens kunnen zien. Volgende week was ze al hier. Zou ze dan meteen al met hem mee willen naar de manege? Of zou ze zo'n eerste dag liever bij haar oma blijven?

Wat een huis was dat!

Bij het ontbijt had zijn moeder gezegd:

'Zeg, Marry kan dat wel heel makkelijk vragen, of jij met haar grootmoeder naar Schiphol komt, maar het lijkt me niet onverstandig als je dat zelf eens met mevrouw Breukink af gaat spreken.'

Dus was hij op zijn brommer gestapt en naar die stille straat even buiten het centrum gereden, zo'n rustige zijstraat waar hij nog nooit geweest was, omdat hij er niets te zoeken had. Oude, statige, tegen elkaar leunende huizen met hoge ramen. En met hoge plafonds, zoals hij even later binnen had gezien.

'Kom binnen, jongen, kom binnen,' zei ze zodra hij zijn naam genoemd had. 'Marry heeft al een paar keer geschreven dat ze zulke fijne brieven van jou krijgt – en haar moeder is heel gelukkig dat ze haar oude vriendin Emmy teruggevonden heeft.'

Ze was veel jonger en levendiger dan hij zich had voorgesteld. Bij oma's dacht hij altijd aan oude dametjes, maar deze lange vrouw leek helemaal niet oud. Daarom was hij ook verbaasd op de drempel van de kamer blijven staan.

'Ga daar maar naar binnen,' had ze gezegd terwijl hij zijn jack aan de kapstok hing, 'dan ga ik even koffie zetten.'

Die kamer paste misschien bij haar leeftijd, maar helemaal niet bij haar uiterlijk, overdacht hij achteraf. Het stond er meer dan vol met zware, donkere meubels, een bank waar je wel met z'n vijven op kon zitten, drie fauteuils van verschillend model, een afgesloten cilinderbureau, twee hoge boekenkasten onder een plafond met engelen en bloemenslingers, en overal tafeltjes en op die tafeltjes en op de vensterbanken en de schoorsteenmantel en op open plekjes in de boekenkasten stonden overal katten, aardewerk katten, koperen katten, porseleinen katten, tinnen katten, groot en klein.

'De koffie is zo klaar,' zei ze nog voordat ze binnen was. 'Sta je mijn verzameling te bewonderen? Ja, ik ben een kattenmens, ik ben gek op katten, maar ik ben allergisch voor kattehaaren, dus houd ik het maar op deze vriendjes. Een mens moet toch wat te doen hebben.'

Al pratend had ze op een stoel gewezen en hij was er voorzichtig, bijna schuifelend, naartoe gelopen.

'Jij bent dus de zoon van Emmy. En de grote vriend van mijn kleine Marry. Ik verheug me er zo op dat ze hierheen komen, dat weet je toch, hè? Het is alweer meer dan vier jaar geleden dat ik ze voor het laatst gezien heb, toen ben ik daar twee maanden geweest, maar de kinderen zijn nu zoveel groter geworden, Marry is al bijna volwassen, ja, eigenlijk heet ze Maria, dat wilde haar vader, zijn dochter moest Maria heten, maar Linda heeft er Marry van gemaakt, dat klinkt tenminste niet zo stijf, vind je ook niet?'

In het begin had hij er geen speld tussen kunnen krijgen, maar toen ze voor de tweede keer met de koffiekopjes uit de keuken kwam, was hij haar voor:

'Heeft Marry u ook geschreven? Ze vroeg of ik met u meekwam naar Schiphol om haar af te halen.'

Mevrouw Breukink begon te lachen.

'Daar wist ik niets van,' zei ze. 'Maar het komt me eigenlijk wel goed uit. Heb je wel eens met drie mensen achterin een deux chevaux gezeten?'

'In een eend?' vroeg hij.

'Ja, in een lelijk eendje. Heb je daar wel eens in gezeten? Achterin?'

Hij had zijn schouders opgehaald. Hij dacht van niet.

'Met z'n tweeën gaat het prima, dan kun je je geen betere

auto voorstellen. Maar als je in het midden moet zitten, zit je op een gemene metalen buis, dat kan gewoon niet. Ik had me al afgevraagd wat ik daaraan moest doen met Marry en Vic en Boy achterin en dan hebben ze natuurlijk ook nog alle vier een koffer en wat handbagage bij zich.'

Hij had zelf gemerkt dat hij een beetje onderuit zakte in die belachelijk grote stoel. Daar ging zijn ritje naar Schiphol. Nu moest hij nog langer wachten voordat hij Marry in levenden lijve zag. Nu moest zij nog langer wachten voordat ze haar armen om hem heen kon slaan. Haar oma had niet eens ruimte voor vier passagiers in haar auto, dus kon dat lange lijf van hem er in geen geval bij.

Mevrouw Breukink zat te knikken.

'Dat komt me heel goed uit, dat Marry dat aan jou gevraagd heeft. Natuurlijk, dat is de oplossing. Wij rijden samen naar Schiphol, ik neem Linda en de jongens mee terug, en hun bagage, en jij neemt de trein, samen met Marry.'

Hij zat alweer rechtop en keek zoekend om zich heen waar hij zijn lege koffiekopje ergens kwijt kon tussen al die poezen.

'Ik durfde Marry niet alleen met de trein te laten gaan, je moet niet vergeten dat ze voor het eerst van haar leven buiten Argentinië komt, maar met jou erbij is het geen probleem. Als het een beetje meezit, kunnen jullie op station Schiphol instappen en tot hier blijven zitten, en anders hoeven jullie alleen in Amersfoort over te stappen. En hier is het nog geen vijf minuten lopen van het station. Het is dat ze vier koffers bij zich hebben, de rest komt als zeevracht, dus ze hebben gewoon bij zich wat ze in het vliegtuig aan gewicht bij zich mogen hebben, anders zou ik ook liever met de trein gaan.'

Hij was opgestaan om zijn koffiekopje midden op de lange tafel voor de bank te zetten en mevrouw Breukink had doorgepraat alsof ze wekenlang met niemand gesproken had.

Ze hadden afgesproken dat hij vrijdagmiddag om half vijf bij haar zou zijn.

'Ik neem er graag de tijd voor, ik moet er niet aan denken

dat we in een file terechtkomen, of dat ik pech krijg, dan staan die zielen op het vliegveld te wachten en om zich heen te kijken en dan denken ze misschien dat hun brieven niet aangekomen zijn en dat we helemaal niet komen!'

Hij hoorde de grote schuifdeur tussen de manege en de stallen achter zich opengaan. De pony van Wendy schrok er even van, maar ze wist hem keurig op de hoefslag te houden.

'Goed zo, Wendy!' hoorde hij Rob zeggen. 'Dat noem ik paardrijden. Jullie zitten er allebei netjes op, Ron heeft jullie goed aangepakt, geloof ik. Maar nu is het tijd. Ron, wil jij afronden en dan helpen met afzadelen?'

Hij knikte, maar bleef naar de ronddravende kinderen kijken.

'Wendy afwenden bij A, Bart bij C. Denk erom, nu kom je elkaar straks op het midden tegen. Dat doe je altijd zo, dat je elkaar de rechter hand zou kunnen geven, ja, keurig! Allebei de hoefslag rechts volgen en een overgang maken naar de stap. Niet aan die teugels trekken, Bart, een paard heeft ook gevoel in zijn mond! Ja, zo is het beter.'

Hij liet de kinderen nog een paar rondjes stappen.

'Zo, nu wenden jullie allebei af naar het midden en daar gaan we halt houden. Hooo! Goed zo. Afstappen en de pony's belonen, klop ze maar eens lekker op de hals.'

Hij hielp de kinderen met het omhoogschuiven van de stijgbeugels, voordat ze de pony's naar de stal leidden.

'Kunnen jullie zelf al afzadelen?' vroeg hij.

Nu ze niet meer op hun pony's zaten, leken Wendy en Bart ineens heel klein. Ze stonden zo hulpeloos naar hem op te kijken, dat hij de zadels losgespte en van de pony's tilde en zei dat ze dat de volgende keer zelf maar eens moesten proberen en toen kwam Rob al aanlopen met de jonge merrie. Op veilige afstand achter het paard liep een zware man, die hij even later pas herkende als Idema, de conciërge van zijn school.

'Ik laat haar eerst even los in de bak, Ron,' zei Rob. 'Dan kan meneer hier zien hoe ze loopt. Als jij je intussen verkleedt en dan een zadel meebrengt kun je laten zien wat je haar allemaal al geleerd hebt.'

Rob draaide zich naar Idema om en zei: 'Ron heeft dit paard zadelmak gemaakt en ingereden. Alles wat ze nu kan, heeft hij haar geleerd.'

Hij grijnsde een beetje verlegen naar Idema, die afgemeten terugknikte.

'Wilt u er zelf op gaan rijden?' vroeg hij en bij het idee alleen al had hij medelijden met het paard dat zo'n gewicht zou moeten dragen.

'Nee,' zei Idema, 'ik zoek een paard voor mijn vrouw.'

Hij voelde de ogen van Idema, die hem overal volgden terwijl hij probeerde de merrie met zo lang mogelijke passen door de manege te laten stappen.

Hij mocht die vent niet. Meestal gedroeg hij zich alsof hij het op school voor het zeggen had in plaats van de rector. Zoals hij daar nu ook weer met Rob midden in de manege stond in zijn keurige pak en met zijn glimmend gepoetste schoenen. Het zou hem niet verbazen als de rector op zaterdag in een spijkerbroek en een ouwe trui in zijn tuin aan het werk was; maar Idema woonde in een bungalow op het schoolterrein, zijn tuin werd door de tuinman van de school bijgehouden. Meneer kon op zaterdag wel even een paard voor zijn vrouw gaan kopen.

3

'Hoe was het vandaag?' vroeg zijn moeder.

Hij stak zijn hand in de binnenzak van zijn jack en legde een biljet van tweehonderdvijftig gulden op tafel. Hij deed zijn best om er onverschillig bij te kijken.

'Hoe kom je daaraan?' vroeg ze.

'Van Rob. Eerlijk verdiend, zegt hij.'
'Zoveel? Waarmee dan?'
'Weet je nog dat we van de winter bezig zijn geweest om dat jonge paard, die merrie, zadelmak te maken?'
Zijn moeder knikte.
'En daarna heb ik het ingereden, omdat Rob zo dikwijls last van zijn rug had. Nou, dat paard is vanmiddag verkocht. Je raadt nooit aan wie.'
'Iemand die ik moet kennen, dus,' constateerde zijn moeder.
'Ja,' zei hij, 'aan Idema!'
'Idema? De conciërge bij papa op school?'
'Ja, bij mij op school ook trouwens. Rob en ik konden allebei aan hem zien dat hij er wel zin in had. Dus Rob dacht dat hij er wel een goeie prijs voor kon vragen en daar legde hij nog eens vijfhonderd gulden bovenop, omdat er in de paardenhandel nou eenmaal altijd op de prijs afgedongen wordt. Maar Idema vroeg alleen maar: "Is dat uw vaste prijs?" En toen Rob knikte haalde hij zijn portefeuille te voorschijn en betaalde contant. Zo heeft Rob het me tenminste verteld, want daar ben ik niet bij geweest.'
'Wat kost zo'n paard?'
Hij haalde zijn schouders op.
'Zo'n paard? Ik denk dat Rob het nooit voor minder dan vijfduizend weg zou doen. Hij zal er nu wel wat meer voor gevangen hebben. In ieder geval stopte hij mij tweehonderdvijftig gulden in mijn hand en als ik wil mag ik voortaan ook 's avonds wel eens komen rijden, zomaar midden in de week. Gewoon voor niks! Omdat hij het nooit zo goed had kunnen verkopen, als ik het niet voor hem had ingereden!'

Zijn moeder was door blijven vragen, tot hij naar boven was gevlucht. Vragen waar hij soms wel, soms ook geen antwoord op wist.
'Waar doet zo'n man het van? Zoveel kan een conciërge toch niet verdienen?'

En:

'Voor een paard heb je toch ook een stal nodig? En een weiland!'

'Het blijft bij Rob staan,' zei hij. 'Voorlopig tenminste. En dan krijgt zijn vrouw elke morgen een uur les. Daar zal hij ook wel behoorlijk voor moeten betalen. Maar dan kan Rob ook zelf in de gaten houden of zijn paard fatsoenlijk behandeld wordt.'

Nu zat hij aan zijn bureau met de foto's van Marry in zijn hand. Mager was ze beslist niet. Ze was niet groot, één meter éénenzestig, had ze geschreven, maar je hoefde er geen moment aan te twijfelen of ze al een bijna volwassen vrouw was. Volgende week om deze tijd was ze al bijna vierentwintig uur in Nederland, dan had hij op Schiphol zijn armen al om dat warme, zachte meisje geslagen.

Was hij verliefd? De laatste tijd had hij met steeds meer spanning naar haar volgende brief uitgekeken. Soms had hij zich angstig afgevraagd of hij in zijn eigen brieven niet te ver ging, maar ze had er alleen maar op gereageerd door zelf nog liever, nog warmer terug te schrijven.

Kon je eigenlijk wel verliefd worden op een paar foto's en een stapeltje brieven? Kon je verliefd zijn op een meisje dat je nog nooit had horen praten, van wie je niet wist hoe ze liep of hoe haar haar rook?

Misschien had zij ook wel iets voor hem verborgen gehouden. Misschien beet ze nagels of stotterde ze.

Met zijn bijna één meter negentig moest hij meer dan een hoofd groter zijn dan zij. En hij werd nog langer, had de dokter gezegd. Verdomme! Het verschil tussen zijn twee benen werd dus nog groter. Hij had deze schoenen nog niet eens vijf maanden, speciaal voor hem gemaakte sportschoenen, allebei met een brede rand om de zool, zodat je het verschil niet zo duidelijk zag. De linker zool was bijna twee centimeter dikker dan de rechter, maar hij voelde heus wel dat dat alweer te weinig geworden was.

Hoe zouden ze op school reageren, als hij ineens met zo'n opvallend mooi meisje aan kwam zetten?

'Wat denk je,' had mevrouw Breukink gevraagd toen hij in de gang zijn jack aan stond te trekken, 'zou Marry bij jou in de klas kunnen komen? Het zou alles voor haar zoveel gemakkelijker maken. Het blijft in het begin toch een vreemd land voor haar en ze zal heus wel moeite hebben met de taal. Als jullie bij elkaar zitten kun je haar misschien helpen. Dan kunnen jullie ook samen je huiswerk maken.'

Samen huiswerk maken!

Hij had zijn schouders opgehaald. Hoe moest hij nou weten of ze meteen tot 5-atheneum zou worden toegelaten. Uit haar eerste brieven had hij begrepen dat ze in Argentinië op een vergelijkbare school zat, maar dat hoefde nog niet te betekenen dat er in die twee landen ook op dezelfde manier les gegeven werd. Maar samen huiswerk maken, ja, dat zag hij wel zitten.

'Als we niet bij elkaar in de klas komen, kan ik haar misschien toch wel helpen,' had hij gezegd.

Samen over de boeken gebogen zitten, elkaar dingen uitleggen en overhoren, vaak de hele avond in één kamer zitten, dicht bij elkaar, zodat hij kon horen hoe haar stem klonk, zodat hij haar haar kon ruiken.

Haar oma had verteld dat Marry een eigen kamer kreeg, het oude huis was groot genoeg.

'Weet jij wat een conciërge verdient?' vroeg zijn moeder onder het eten. 'De conciërge bij jullie op school?'

Zijn vader reageerde traag. Die was met zijn gedachten natuurlijk weer bij heel andere zaken.

'Idema?' vroeg hij.

Zijn moeder knikte.

'Nee,' zei zijn vader. 'Ik kan ook niet zeggen dat ik me daar ooit bijzonder voor geïnteresseerd heb. Die man ziet er in ieder geval niet naar uit dat hij het slecht heeft. Waarom vraag je dat?'

'Ron vertelde net dat Idema vanmiddag een paard gekocht heeft.'

'Wat moet die man nou met een paard?' zei zijn vader.

'Voor zijn vrouw,' zei Ron. 'Hij gaat er niet zelf op rijden. Hij kwam alleen even een paard voor zijn vrouw kopen.'

'Och, hij woont natuurlijk voordelig,' zei zijn vader. 'Die bungalow is een dienstwoning. Hij móét vlakbij de school wonen. En hij doet allerlei karweitjes die hem wat extra's opleveren. Het boekenfonds, hij doet die administratie helemaal alleen en regelt zelf wat er aan het begin van het jaar aangeschaft moet worden. Daar wordt hij voor betaald. Hij zal ook wel iets krijgen van de verenigingen die 's avonds het gymnastieklokaal gebruiken.'

Daarmee was het onderwerp voor zijn vader afgehandeld. Hij wijdde zich tenminste aan zijn karbonade en deed er verder het zwijgen toe.

'Wat zei mevrouw Breukink eigenlijk?' vroeg zijn moeder. 'Ben je nog bij haar geweest?'

Hij knikte en vertelde het hele verhaal. Zijn vader keek zo nu en dan op alsof hij iets wilde zeggen, maar hij zweeg.

4

Hij keek nog eens op zijn horloge. Kwart over negen. Nu was het toestel eindelijk geland, nu kon het niet lang meer duren. Hij voelde zich weer slap en rillerig worden, maar hij wist wel dat het nu ergens anders door kwam.

Drie lange uren hadden ze hier gewacht, de meeste tijd in het restaurant. Bij het eerste kopje koffie had hij nog zo gebibberd, dat hij het als een klein kind met twee handen naar zijn mond had moeten brengen.

Hij kon zich niet herinneren dat hij ooit eerder zo bang was geweest. Hij was blij dat hij niet met haar terug hoefde te rijden. Waarschijnlijk konden ze nu de trein van vijf over tien nog halen en als dat niet lukte ging er om vijf over elf nog één.

In Amersfoort moesten ze overstappen, maar dat kon nooit een probleem zijn.

Zijn vader had nogal wat bedenkingen tegen het plan van mevrouw Breukink gehad, maar daar was hij natuurlijk niet meteen mee op de proppen gekomen. Dat deed hij nooit. Hij had altijd tijd nodig om zijn argumenten op een rijtje te krijgen.

'Wie betaalt je treinkaartje?' had hij zondag gevraagd.

'Dat weet ik niet,' antwoordde hij, 'maar daar heb ik zelf heus wel genoeg voor, vergeet niet dat ik gisteren goed verdiend heb.'

'De laatste trein waarmee je thuis kunt komen,' had zijn vader maandagavond gezegd, 'vertrekt om elf uur van Schiphol.'

'Het vliegtuig landt om half acht. Iets eerder zelfs.'

'Dan is een vertraging van ruim drie uur al genoeg om je trein te missen. En voor vliegtuigen zijn vertragingen van vijf of zes uur niet zulke grote uitzonderingen.'

'Dat zien we dan wel weer,' had hij zich van het gesprek afgemaakt.

Woensdagavond zei zijn vader ineens:

''s Avonds laat zit er dikwijls agressief volk in de trein. Ik ben er niet zo gelukkig mee dat je dan alleen met een meisje op stap bent.'

'Ik kan toch moeilijk op de brommer gaan,' had hij gezegd.

En toen het gisteravond flink mistig was, had zijn vader zijn laatste argument op tafel gelegd:

'Bij dichte mist wijken vliegtuigen dikwijls naar een ander vliegveld uit. Dan landen ze ergens in Duitsland of in België. Soms zelfs in Parijs of Londen. Kun je niet beter gewoon wachten tot dat meisje hier voor de deur staat?'

'Nee,' had hij kwaad gezegd. 'Ik heb met mevrouw Breukink afgesproken dat ik met haar meerijd en dat doe ik ook. En ik kom met de trein terug.' Hij voelde dat hij een kleur kreeg. Natuurlijk kon hij niet wachten tot ze hier aanbelde! Wat moest ze dan van hem denken? Dat het hem niet zoveel kon schelen dat ze naar Nederland kwam. Dat het hem niets uitmaakte of hij haar een dag vroeger of later zag?

Het was niet mistig. Mevrouw Breukink had hem het geld voor twee treinkaartjes gegeven en het vliegtuig had maar twee uur vertraging. Hij kon rustig met de trein naar huis. Gelukkig wel.

Om half vijf precies had hij aangebeld. Mevrouw Breukink deed zó gauw open, dat hij haar ervan verdacht dat ze achter de deur had staan wachten.

'Gelukkig,' zei ze. 'Ik was al bang dat je te laat zou komen. Ik heb het vliegveld opgebeld, daar weten ze niets van een vertraging, dus ze verwachten dat het vliegtuig op tijd zal zijn. We moeten meteen weg.'

Ze greep een jas van de kapstok en wilde de deur achter zich dichttrekken.

'Mag ik mijn helm binnen neerleggen?' vroeg hij. 'En mijn handschoenen?'

'Ja, natuurlijk,' zei ze. 'Leg alles hier maar in de hal.'

Het moest vlug gaan, vlug zijn spullen achter de deur, vlug in de auto, vlug de veiligheidsgordel vast en toen was het haar beurt om alles vlug-vlug te laten verlopen. Deinend jakkerde de eend van stoplicht naar stoplicht tot de oprit naar de autoweg en daar trapte ze het gaspedaal tot op de bodemplaat in en probeerde de wijzer van de snelheidsmeter op 120 te houden. In het begin lukte dat ook heel aardig, maar toen het in de buurt van Amersfoort drukker begon te worden moest ze gas terugnemen en naar de rechter rijbaan uitwijken. Toen begon de ellende. Telkens opnieuw probeerde ze vrachtwagens in te halen, tot groot ongenoegen van BMW's, Mercedessen en andere snelle jongens die over de linker rijbaan kwamen aanstormen. Als ze dacht dat ze achter een vrachtauto genoeg snelheid had gemaakt, zette ze haar linker knipper aan en ging ook meteen naar links, zonder zich iets van de signalen van koplampen of claxons aan te trekken.

Tergend langzaam kroop ze langs de zware vrachtwagencombinaties naar voren, waarbij ze soms zo slingerde, dat hij de reusachtig grote banden vlak naast zich zag opdoemen. Als ze eindelijk weer naar rechts ging, stoof er een lange rij snellere auto's voorbij. Soms keken chauffeur en passagiers medelijdend naar rechts, een enkeling glimlachte, heel wat anderen wezen naar hun voorhoofd.

Op de stukken weg met drie rijstroken nestelde ze zich op de middelste baan, alsof die alleen voor haar was aangelegd. Van de protesten van andere weggebruikers trok ze zich niets aan, het leek zelfs wel of ze niet eens wist dat er ook anderen onderweg waren. Ze praatte aan één stuk door. Over haar dochter, die vroeger zulke goede vriendinnen was geweest met zijn moeder. Ze hoopte maar dat die twee het nu weer net zo goed met elkaar zouden kunnen vinden. Over de kleinkinderen, waar ze zo naar verlangde. Over hemzelf, want nu Marry en hij zo dik bevriend waren konden zij de vriendschap van Linda en Emmy een logisch vervolg geven. Eigenlijk kreeg ze nu zelfs in één keer vier kleinkinderen in plaats van drie.

Alsof hij met Marry getrouwd was, dacht hij even, maar verder had hij alleen maar tijd om zich aan zijn stoel vast te klemmen. Alles aan de eend rammelde en klapperde, alsof ze elk moment een deur of het dak konden verliezen.

Het laatste stuk van hun route was het ergste. Daar was hij zó bang geweest, dat hij dat wel nooit meer zou kunnen vergeten. Het was waanzinnig druk. Op de rechter rijbaan reed het verkeer negentig kilometer per uur, op de middelste rijbaan reden de auto's sneller, honderdtien misschien, bumper aan bumper, op de linkerbaan ging het nog harder. Mevrouw Breukink liet zich even wat wegzakken van de vrachtwagen waar ze al een hele tijd achter hingen, toen gaf ze gas, kwam er weer steeds dichterbij en schoof de middelste baan op. Er werd woedend getoeterd, maar daar trok ze zich niets van aan. Hij dacht dat ze nooit voorbij de vrachtwagen zou komen, het lege stuk op de rijbaan voor hen werd steeds groter. Toen ze ongeveer naast de cabine van de vrachtauto reden zei ze:

'We zijn net langs een bord gereden, heb jij kunnen zien wat er op stond?'

Hij had het niet gezien.

'Ik geloof eigenlijk dat de afslag naar Schiphol over 600 meter komt,' zei ze, terwijl ze probeerde het gaspedaal nog dieper in te trappen. De auto reageerde er niet op.

Hij zag de grote blauwe borden snel dichterbij komen. Naar Schiphol moesten ze rechtsaf. Ze waren het bord met de schuine pijl al voorbij toen ze de auto scherp naar rechts stuurde. Hij wist zeker dat er niet meer dan tien centimeter ruimte tussen de achterkant van de eend en de zware voorbumper van de vrachtauto gezeten had, de vrachtwagenchauffeur had in ieder geval met zijn zware claxon laten horen, dat hij het met zo'n rijgedrag niet eens was.

Ver door zijn veren zakkend was de eend de uitvoegstrook opgereden en helemaal overhellend had hij de bocht naar het vliegveld veel te hard genomen. Toen ze een parkeerplaatsje gevonden hadden, helemaal aan het eind van een lange rij auto's, en hij trillend op zijn benen naast de auto stond, was het pas kwart over zes.

In het restaurant had ze achter elkaar doorgepraat. Ze waren eerst naar de aankomsthal gelopen en toen ze daar gezien hadden dat het toestel uit Buenos Aires een vertraging van een uur had zei ze:

'Dan hebben we in ieder geval de tijd voor een rustig kopje koffie.'

Rustig was het bepaald niet geworden. Terwijl hij probeerde in de schemering nog iets van de landende en vertrekkende vliegtuigen op te vangen, had ze gepraat, gepraat en gepraat. In het begin moest hij proberen het trillen van zijn handen te verbergen, maar toen het eenmaal tot hem doorgedrongen was dat hij heelhuids op Schiphol was aangekomen en dat hij op de terugweg met Marry in de trein zou zitten, kwam hij langzaam tot zichzelf.

Hij was een paar keer naar de aankomsthal gelopen om te kijken wanneer het vliegtuig verwacht werd en daar had hij telkens ruim de tijd voor genomen. Als kind was hij met zijn vader en moeder een keer op Schiphol geweest, maar toen had hij hier kennelijk met heel andere ogen rondgekeken, want alles leek hier nieuw.

Nu was het zo ver, er kwam beweging achter al dat glas. Soms was het toch wel gemakkelijk als je zo lang was. De mensen aan deze kant gingen op hun tenen staan om een eerste glimp van hun familie of vrienden te kunnen zien en dan uitbundig te zwaaien. Daarna dromden ze naar de uitgang waaruit ze te voorschijn moesten komen. Hij kon over de hoofden heenkijken.

Dat moesten ze zijn. Een vrouw met een meisje en twee jongens, die net als alle anderen vol verwachting naar de wachtenden achter de grote ramen keken en traag in de richting van de lopende band liepen, waarover koffers en plunjezakken kwamen aanglijden.

Linda had hij het eerst herkend, daarna Marry. Ze was dikker dan hij gedacht had. De jongens waren langer dan op de foto.

Hij zwaaide.

Marry zag hem en zwaaide terug. Toen bracht ze de toppen van de drie vingers van haar rechterhand naar haar mond. Hij wist dat hij een kleur kreeg.

5

Hij kon het niet laten. Hij moest telkens naar haar kijken. Hij had haar aangeraakt, hij had haar gehoord, hij had haar haar geroken en nu wilde hij haar zien, hij kon er niet genoeg van krijgen.

Telkens als hij haar aankeek, was het alsof zij het voelde. Langzaam draaide ze haar gezicht naar hem toe.

'Je haar is langer dan op de foto's die je me gestuurd hebt,' zei hij.

'Ja,' zei ze. 'Ik heb het de laatste maanden laten groeien.'

Haar stem was harder dan hij gewend was van de meisjes uit zijn klas. Een beetje schor ook, alsof ze altijd tegen de storm in had moeten praten. Ze sprak met een duidelijk accent, maar ze maakte maar heel weinig fouten, alleen een enkele keer een zin die een beetje ongewoon klonk.

'Hoe lang moeten we nog rijden, voordat we moeten ... hoe noemt men dat?'

'Overstappen,' zei hij. 'In Amersfoort moeten we overstappen.' Hij keek op zijn horloge. 'Over zeven minuten.'

'Waarom?' zei ze. 'Ik zit lekker. Nu.' Ze liet zich een beetje tegen hem aan zakken en keek omhoog. 'In het vliegtuig was het kleiner.'

'Wat bedoel je?' vroeg hij. 'De stoel?'

'Nee,' zei ze. 'Hier. Voor de benen. Ik heb niet geslapen. Ik heb gedacht. Ik was bang. Nu niet meer.'

'Waar was je bang voor? Voor een ongeluk?'

'Voor . . . nee, niet vóór jou. Ik wist niet . . . Misschien was jij anders dan je brieven.'

Hij knikte. Dat was dezelfde gedachte die hij de laatste week zo vaak gedacht had, het was de gedachte die hem dat slappe gevoel in zijn benen bezorgd had, vlak voordat ze met een zware koffer in haar hand tegenover hem stond.

Ze had de koffer op de vloer gezet, haar armen om zijn nek geslagen en haar hoofd tegen zijn borst geduwd. Hij had zijn armen om haar heen gelegd en gehoord dat ze een heleboel zei waar hij geen woord van verstond.

'Waarom praatte je eigenlijk Spaans tegen mij?' vroeg hij. 'Op het vliegveld. Ik verstond er geen woord van.'

'Daarom,' zei ze. 'Daarom dat ik het wilde zeggen, maar jij mocht het nog niet horen.'

'Wat zei je dan?'

Ze zat hem even aan te kijken. Toen zei ze:

'Ik zei: Dank je voor je brieven. Ik verlangde naar je. Hou jij ook veel van mij? Dat zei ik. Niet precies. Maar Nederlands is nog zo moeilijk.' Ze ging rechtop zitten en duwde haar haar met haar linker hand naar achteren. 'Nu heb ik het in jouw taal gezegd. Dat kan nu. Ik weet het. Ik ben niet meer bang.'

Hij wilde zijn arm om haar schouders leggen, maar de trein begon te remmen. Ze moesten overstappen.

Wat had zijn vader nou zitten zeuren over gemiste aansluitingen en oppassen dat je in Amersfoort niet in de verkeerde trein terechtkomt. Zelf reisde hij nooit met de trein, anders zou hij wel geweten hebben hoe gemakkelijk het was.

Hand in hand waren ze uit de trein gestapt, het perron recht overgestoken en de andere trein in gelopen. Er waren niet veel reizigers meer. Ze waren gaan zitten, nog steeds hand in hand.

In de aankomsthal was alles even druk en verwarrend geweest. Marry had zich uit zijn armen gedraaid en was zo woest op mevrouw Breukink afgesprongen, dat ze samen even stonden te wankelen. Linda was naar hem toe gekomen, ze had hem omhelsd en gezoend alsof ze elkaar hun hele leven al gekend hadden. Victor en Boy hadden hem stijfjes een hand gegeven en iets onverstaanbaars gemompeld. Hij wist ook niet wat hij tegen die jongens moest zeggen.

Toen had mevrouw Breukink de leiding genomen.

'Eén, twee, drie, vier koffers,' had ze geteld. 'Die kan ik wel in de auto hebben. Er kan er altijd wel één op de achterbank, die moeten Boy en Victor dan maar tegengehouden.'

Toen Linda haar moeder vragend aankeek, zei ze:

'Marry en Ron gaan met de trein naar huis, dat heb ik al geregeld. We kunnen niet met vijf mensen in mijn auto. Je kan geloven dat ik opgelucht was toen ik hoorde dat Marry gevraagd had of hij met mij mee kon naar Schiphol.'

Marry had hem aangekeken en was naast hem komen staan.
Mevrouw Breukink had een bagagewagentje gepakt en daarop had hij de koffers gestapeld, de handbagage er bovenop. Maar toen Victor ermee begon te rijden, gleden de tassen er weer af.
Hij had op zijn horloge gekeken en één van de tassen opgeraapt.
'We lopen nog wel even mee,' zei hij. 'We hebben nog tijd genoeg.'
In optocht waren ze naar de eend gelopen. Mevrouw Breukink en Linda voorop, daarachter Victor en Boy met het bagagewagentje, Marry en hij achteraan. Hij had telkens naar haar moeten kijken.
Hij had nog geholpen de koffers in de auto te leggen en toen moesten ze zich toch nog haasten om de trein van vijf minuten over tien te halen.
Toen had ze het gemerkt.
'Is je been gewond?' vroeg ze.
Hij had zijn hoofd geschud.
'Nee, dat is altijd zo. Als ik hard moet lopen, loop ik een beetje mank.'
'Mank?'
'Ja, ongelijk, kreupel. Dit been is korter.'
In de trein had ze haar hand op zijn linker been gelegd.
'Dit been is korter?'
'Ja,' zei hij. 'Bijna twee centimeter korter,' en hij had zijn voet op zijn rechter knie gelegd om haar de dikke zool onder zijn schoen te laten zien.
'Dat doet pijn?' vroeg ze.
'Nee, helemaal niet, ik voel er niets van. Het is altijd zo geweest. Ik ben ermee geboren.'
Een constructiefoutje, noemde zijn vader het vroeger, toen hij nog gezellig kon zijn. Een foutje bij de fabricage, maar er zat geen garantie op, dus hij had hem niet kunnen terugsturen of inruilen tegen een beter exemplaar. Het had hem nogal wat

moeite gekost om haar dat uit te leggen, maar toen ze het eenmaal begrepen had, schudde ze haar hoofd en zei:

'Niet inruilen. Dat is niet nodig.'

Ze had haar hand weer op zijn been gelegd, het rechter nu, het been aan haar kant. Ze lachte en zei:

'Dit been is langer. Zeg ik dat goed?'

Hij had geknikt en zijn hand op de hare gelegd. Zo waren ze blijven zitten tot de conducteur kwam.

'Daar woont je oma,' zei hij toen ze voor het station stonden. 'Achter die huizen daar aan de overkant. Maar we moeten eerst omlopen, want er zit een singel tussen.'

'Een singel?'

'Ja, water, een lange vijver.'

'Dat weet ik ook niet. Een vijver?'

'Dat leer je nog wel. In ieder geval is het water en daar kunnen we niet doorheen.'

In de trein was ze tegen hem aan komen zitten en hij had zijn arm om haar heen gelegd. Veel hadden ze niet gezegd. Hij was moe, misschien vooral door die angstige autorit en hij kon zich maar al te goed voorstellen dat Marry na die lange vliegreis ook niet al te wakker was. Ze had haar ogen dichtgedaan en hij had naar haar zitten kijken, nu eens direct, dan weer naar haar spiegelbeeld in de ruit. Ze was lief en warm. Hij voelde zich slaperig, maar hij had zijn ogen openhouden.

Nu ze voor het station stonden, was hij weer klaar wakker.

Het was stil op straat. De stilte van een provinciestad kort voor middernacht. Hij trok haar zacht tegen zich aan.

'Kom,' zei hij. 'Deze kant op.'

Toen ze langs het hoge, ouderwetse gebouw aan de overkant van de singel liepen, zei hij:

'Dit is de school waar jouw moeder en de mijne samen op gezeten hebben. De kweekschool, zegt mijn moeder nog altijd. De Pabo heet hij tegenwoordig. Ik geloof dat ze elkaar hier hebben leren kennen.'

Ze liepen langs het hek van donkere spijlen met wit geverfde punten tot de ingang naar de school.

'Ik wil naar binnen,' zei Marry terwijl ze met een ruk bleef staan.

'Dat kan niet,' zei hij. 'Het is nacht, de deur zit op slot.'

'Nee, niet binnen het gebouw,' zei ze. 'Binnen de tuin.'

Ze draaiden het korte klinkerpad naar de voordeur van het schoolgebouw op. Het was maar een paar meter lang, tot de hardstenen stoep voor de zware deur van donker hout. Aan beide kanten van het pad groeiden hoge dichte struiken.

Hij bleef voor de stoep staan. Marry stapte er op en bleef met haar rug naar hem gekeerd naar de deur staan kijken. Toen draaide ze zich om.

'Nu zijn we even groot,' zei ze.

Ze legde haar handen op zijn schouders en trok hem naar zich toe. Even zag hij haar mond, die snel dichterbij kwam. Ze hield haar hoofd een beetje scheef en achterover. Toen duwde hij zijn mond hard tegen haar lippen.

6

Rijden. Hij rijdt. Het stuur van de eend ligt losjes in zijn handen. Als hij het te stevig vasthoudt trekken de trillingen door tot in zijn schouders. Hij wil niet te hard rijden. Maar hij moet. In de spiegel ziet hij de Mercedes vlak achter zich. Woedend knipperen de lampen. Hij raakt verblind door al dat licht. Hij buigt opzij om die lampen niet te zien. Nu ziet hij het gezicht van de chauffeur, groot, rood, verwrongen. Het is zijn vader. Als hij schuin door de veren zakkend naar de rechter rijbaan zwiept schiet de Mercedes voorbij. Zijn vader slaat met zijn vuist tegen zijn voorhoofd. De vrachtauto achter hem komt steeds dichterbij. Hij moet gas geven, de voorkant van de vrachtwagen staat rechtop in zijn spiegel. OBRUT *leest hij. Hij moet gas geven, hij moet harder, hij kan niet harder, het gaat al zo hard. De achterkant van een andere vrachtauto komt snel dichterbij. Er is een grote reclame op geschilderd. Het gezicht van een vrouw. Ze houdt haar hoofd een beetje scheef en achterover. Ze tuit haar lippen. Hij kan niet naar links, auto's razen voorbij. De vrachtwagen achter hem blijft duwen, duwt hem tegen de andere, het gezicht van de vrouw. Ze doet haar mond open. Wijd. Wijder.*

Hij zat recht overeind in zijn bed. Hij liet zijn hand langs de muur glijden tot hij het afhangende snoer van het lampje vond, de schakelaar zat lager dan hij dacht. Het was kwart over zes, hij kon niet meer dan drie uur geslapen hebben.

Zijn vader was wakker geworden toen hij thuiskwam. Of zou hij al die tijd hebben liggen wachten? In ieder geval stond hij bij zijn slaapkamerdeur in de gang.

'Zo,' zei hij. 'Ik ben blij dat je er bent. Geen problemen gehad met de trein?'

Hij had zijn hoofd geschud, hij was te moe om nog een heel verhaal te vertellen.

Zijn vader had de deur van de slaapkamer al half open, toen hij zich omdraaide en gedempt zei:

'Daar maken we overigens geen gewoonte van, hè, zo laat thuiskomen. Het is drie uur geweest en je bent pas zestien, vergeet dat niet!'

'Het kon nu toch niet anders,' had hij geantwoord, maar toen had zijn vader de deur al bijna weer dicht.

Het kon nu toch niet anders! Toen ze bij het huis van mevrouw Breukink aankwamen, brandde er overal licht.

Hij had zich door Marry mee naar binnen laten trekken en ze hadden in de kamer gezeten. De jongens waren al naar bed, zei Linda, die waren zo moe. Maar haar moeder en zij moesten zo verschrikkelijk veel bepraten, dat ze er maar een fles wijn bij genomen hadden. Ze waren net aan hun eerste glas begonnen, zo lang waren ze er ook nog niet. Of zij ook een glas wilden?

'Liever iets fris,' had hij gezegd, maar Marry had hem overgehaald. Zij nam toch ook een glas wijn? Deed hij dat dan nooit?

'Nee, eigenlijk niet,' zei hij. 'Alleen als er iets heel feestelijks is.'

'Vandaag is het toch een beetje feest,' zei mevrouw Breukink.

Hij had geknikt en een glas wijn in zijn hand gekregen.

Hij had de gesprekken tussen mevrouw Breukink en haar dochter langs zich heen laten gaan. Alleen als Marry of hem iets gevraagd werd, had hij zich er even bij betrokken gevoeld. Hij was moe van alle indrukken van de laatste acht uren en hij voelde dat de wijn hem loom maakte.

Hij was opgeschrokken toen mevrouw Breukink tegen Marry zei dat ze haar even mee naar boven wilde nemen om haar te laten zien waar ze voorlopig zou slapen. Marry was opgestaan en had hem even in zijn knie geknepen.

Haar moeder had zich onmiddellijk tot hem gericht:

'Vertel eens, Ron, hoe is het met je moeder?'

'Goed,' had hij gezegd. 'Ze is alleen vaak erg moe.' Hij had zitten praten over alles wat zijn moeder deed, thuis en op school, en intussen zat hij naar Linda te kijken. Hij vond haar mooi, mooier dan op die foto. Haar ogen waren heel lichtblauw en haar haar was heel lichtblond. Geen wonder dat een Zuidamerikaan voor haar gevallen was. Als ze lachte kreeg ze rimpeltjes naast haar ogen. Dat moest zijn moeder ook eens wat vaker doen.

'Ron, kom!' Marry stond arm in arm met haar oma in de deuropening. 'Een heel mooie kamer. Ik heb een heel mooie kamer. Kom kijken!'

Hij was opgestaan en achter haar aan de trap op gelopen. Boven had ze een deur geopend, hem naar binnen getrokken en meteen haar handen tegen zijn schouders gelegd.

'Laten zien dat je geleerd hebt,' zei ze.

Op de stoep van de Pabo had hij zijn armen om haar heen gelegd en zijn mond hard tegen haar lippen geduwd, tot zij haar handen tegen zijn borst legde en zich terugtrok en zei:

'Niet zo hard! Je doet me pijn!'

Geschrokken had hij haar losgelaten, maar ze trok hem weer naar zich toe en zei met haar mond vlak bij zijn oor:

'Je moet niet zo hard. Je duwt mijn lippen op mijn tanden. Heb je nooit gekust?'

Hij schudde zijn hoofd. Nee, hij had nooit eerder een meisje gekust. De meisjes die hij kende, wisten allemaal dat zijn ene been korter was dan het andere. Die werden heus niet verliefd op zo'n mankepoot als hij. Hans en Jacques vertelden wel eens iets over hun zaterdagse belevenissen als ze naar de disco geweest waren. Daar had hij niks te zoeken. Hij zou er meteen over zijn eigen dikke zool struikelen.

'Kom,' zei ze, 'heel zacht met je lippen.' Ze had haar handen aan weerskanten van zijn gezicht gelegd en hem naar zich toe getrokken.

Zij had dus wel jongens gekust, had hij even gedacht, maar hij had niets gezegd.

'Je leert vlug,' zei ze achter de slaapkamerdeur, die ze op een kier na dichtgeduwd had. 'Kom!' En terwijl ze zijn hand vasthield, liep ze naar het bed onder het raam. Ze ging zitten en liet zich achterover vallen en zwaaide haar benen op het bed.

'Kom!' zei ze nog eens terwijl ze haar armen naar hem uitstak, en half zittend, half over haar heen liggend had hij haar gekust, met zachte lippen, zoals ze hem dat geleerd had. Hij had het puntje van haar tong tussen zijn lippen heen en weer voelen glijden en met het puntje van zijn tong had hij er krijgertje mee gespeeld tot ze allebei buiten adem waren.

'We moeten naar de kamer,' zei ze. 'We mogen niet lang wegblijven.'

Beneden had hij het restje wijn uit zijn glas gedronken en toen was hij opgestaan.

'Ik moet naar huis,' had hij gezegd. 'Ik wil morgen niet te laat in de manege komen.'

Hij had mevrouw Breukink een hand gegeven en bedankt

voor het meerijden. Toen had hij zijn hand uitgestoken naar de moeder van Marry, die hem vasthield en op haar tenen ging staan om hem op zijn wang te kussen.

'Ik vind het heel fijn dat je Marry geschreven hebt,' zei ze. 'Ik hoop dat jullie ook zonder brieven goeie vrienden worden.' En even later: 'Ik bel je moeder morgenochtend op, zeg dat maar vast tegen haar.'

Marry was met hem mee de gang in gelopen en stond naar hem te kijken terwijl hij zijn jack aantrok.

'Ik vind het zo vreemd,' zei ze, 'dat ik nu hier ben. In Nederland. Bij jou. Nu ben je niet meer van papier!'

Bij de voordeur was ze tegen hem aan komen staan, klein, zacht en warm, en hij had haar gekust.

'Jij gaat morgen naar de manege?' vroeg ze.

Hij knikte en zei:

'Ja, daar ga ik elke zaterdag naartoe.'

'Dat heb je ook geschreven. En na de manege?'

'Dan is het al laat in de middag, dan ga ik naar huis om te eten.'

'En na het eten?'

'Dat weet ik nog niet.'

'Kom je dan bij mij?'

'Graag,' zei hij, terwijl hij zich bukte om zijn helm en zijn handschoenen op te rapen. Hij voelde zich duizelig worden. Hij groeide te hard. Of was het dat glas wijn?

'Ik laat mijn helm hier liggen,' zei hij. 'Ik ga liever lopen. Ik ben een beetje duizelig. Morgen haal ik mijn brommer wel op, voordat ik naar de manege ga.'

'Hoe laat?' vroeg ze.

'Tien uur, half elf.'

'Mag ik dan mee?'

'Ja, natuurlijk mag je mee.'

Een half uur had hij erover gedaan om naar huis te lopen en onderweg had hij niets anders kunnen denken dan: Marry.

Zijn lippen waren gevoelig, een beetje pijnlijk zelfs. Hij voelde zich onrustig en dat kwam niet alleen door die droom. Marry maakte hem onrustig. Waren alle meisjes zo? Hij wist niet precies wat hij zich van hun ontmoeting had voorgesteld, maar hij had in geen geval aan een meisje gedacht dat zo warm en zo dichtbij was.

Hij moest proberen nog wat te slapen. Over vier uur zag hij haar weer.

7

Hij had zich weer eens zorgen gemaakt voor niks. Zijn vader had het veel te druk om op zijn horloge te kijken en te constateren dat het al bijna twaalf uur was. Hij stond met de wijnfles bij Linda en vroeg of hij haar nog eens in mocht schenken, toen Ron de deur van de kamer opendeed.

'Kijk eens wie we daar hebben,' zei zijn moeder vrolijk.

Linda keek over haar schouder en zei:

'Dag Ron, hebben wij elkaar vandaag al niet eerder gezien?'

'Dit is precies de derde keer,' zei hij. 'Een van ons moet tracteren.'

'Ik kan je een slokje van mijn wijn aanbieden. Het kan ook zijn dat ik nog een pepermuntje in mijn tas heb. Dat is alles. Kom in ieder geval eens even naast me zitten. Ik heb nog nauwelijks de kans gekregen met je te praten. Marry wil je geloof ik helemaal voor zichzelf houden.'

Hij liet zich naast haar op de bank zakken. Dat was een streep door zijn rekening. Hij had vlug naar bed willen gaan. Om tot rust te komen. Om zijn gedachten te ordenen. Om die vreemde onrust uit zijn lijf te jagen.

Vanmorgen had hij de bus genomen. Hij was van plan met de brommer naar de manege te gaan, maar hij had er niet aan gedacht dat Marry natuurlijk geen helm had. Ze waren gaan lopen, dwars door het centrum, dat was de kortste weg. Marry had haar hand in de zijne geschoven en telkens verliefd naar hem opgekeken. Hoe hij zelf keek, wist hij niet.

Het was onbegrijpelijk wat die mensen van zijn school op zaterdagmorgen allemaal in de stad te zoeken hadden. Zeker de helft van zijn klas was hij tegengekomen en twee leraren en nog een heel stel mensen uit andere klassen. Je kon de verbazing op een afstand al van hun gezichten lezen: Ron Slot met een meisje! Hij had zijn best gedaan om regelmatig te lopen. Toen hij het een paar keer in een winkelruit controleerde, kon hij geen enkele onregelmatigheid zien. Wat hij wel zag, was een lange jongen met een knap meisje met halflang zwart haar, dat steeds naar hem omhoog liep te kijken.

Rob had zijn verbazing openlijk laten merken.

'Jij bent ook een binnenvetter! Komt daar zomaar met een pracht van een meid binnenvallen en daar heeft hij me nooit iets van verteld!' En toen tegen Marry: 'Ben jij plotseling uit de lucht komen vallen?'

'Ja,' zei ze. 'Gisteren. Met het vliegtuig uit Argentinië.'

Rob stond even te knikken.

'Op die manier!' zei hij. 'Heb je toch nog tijd voor een karweitje, Ron?' Hij trok hem mee naar de verste hoek van de stal en zei toen zacht: 'Mevrouw Idema heeft om twaalf uur een les. Haar vierde. Het schiet niet erg op. Ik wil haar eigenlijk graag een paar dingen laten zien als er een ander op dat paard zit. Wil jij dat doen?'

'Marry vertelde dat jij zo goed kan paardrijden,' zei Linda. 'Hoe is dat gekomen? Jullie rijden toch geen van beiden?' vroeg ze aan zijn vader en moeder.

Zijn vader begon een heel verhaal over dat been en die jongen moest toch iets aan sport doen en zo was het paardrijden geworden.

Marry had naast Idema achter de ramen van de kantine gezeten, terwijl mevrouw Idema en hij om beurten op het paard zaten. Hij was blij toen de les erop zat, want ze bracht er inderdaad niet veel van terecht. Alsof ze er helemaal geen gevoel voor had. Ze werkte het paard meer tegen dan dat ze het ondersteunde. Het deed hem pijn om dat te zien. Het was zo'n goed paard.

Vanmiddag had hij Wendy en Bart weer een les gegeven en daarna in de buitenmanege een paar paarden afgereden. Al die tijd was Marry bij hem in de buurt geweest, achter de ruiten van de kantine of op de omheining van de buitenmanege leunend.

Toen hij zwetend van het laatste paard stapte was ze de manege in gelopen, had het paard over zijn zachte neus gestreeld en gezegd:

'Bij ons rijden de vacheros. Dit is veel mooier.'

'Wat zijn vacheros?'

'Dat is Spaans voor cowboys. Dit is anders. Dit is mooi.'

'Dressuur rijden ís mooi,' zei hij, 'en het kost zweet. Ik breng je naar huis en dan ga ik gauw onder de douche.'

'Ja, ik hoop nog steeds dat Ron de kans krijgt om in de ruitersport door te gaan,' hoorde hij zijn vader zeggen. 'Volgens zijn instructeur kan hij het ver brengen.'

'Ik rij het liefst dressuur,' zei hij. 'Maar eigenlijk trekt alleen het springen een beetje aandacht. Dressuur zie je praktisch nooit op de televisie. Alleen met de Olympische Spelen of andere heel belangrijke internationale wedstrijden.'

'Heb je verder nog hobby's?' vroeg Linda.

Zijn moeder was vlugger dan hij:

'Ja, hij zwemt graag en hij tekent heel goed.'

Zo ging het altijd. Als hem iets gevraagd werd, gaven zijn vader of zijn moeder het antwoord, vooral als het iets was waar ze trots op konden zijn. Straks zou zijn moeder die ene tekening van drie jaar geleden wel weer met lijst en al van de muur pakken en even later vragen of hij zijn map met tekeningen niet van boven kon halen.

'Nou ja,' zei hij, 'ik weet niet of ik zwemmen wel een hobby kan noemen. Je weet dat mijn benen niet even lang zijn ...'

'Sinds wanneer zeg jij jij en jou tegen volwassenen die je nauwelijks kent?' zei zijn vader.

Hij kreeg een kleur en keek Linda aan.

Ze legde haar hand op zijn arm en gaf hem een knipoog. Dat gaf hem moed.

'Daar heb ik helemaal niet bij nagedacht,' zei hij. 'Het ging vanzelf. Mama heeft het altijd over Linda, niet over "mijn vriendin" of "mevrouw Montez". Ik heb nooit anders gehoord.'

'Aat, die zoon van jou maakt mij een heel mooi compliment,' zei Linda. 'Zonder er bij na te denken zegt hij jij tegen mij. Kennelijk ben ik dus nog niet zo verschrikkelijk oud.' Ze keek Ron aan en zei: 'Zeg jij maar gewoon Linda tegen mij, dat doet Marry ook dikwijls, als ze in een vertrouwelijke bui is. "Tante Linda" zie ik ook niet zo zitten. Maar je had het over zwemmen. Marry doet niets liever, dat is absoluut haar favoriete sport. Voor jou dus niet?'

'Nee,' zei hij. 'Dat is paardrijden. Vroeger was ik bang dat ze me in het zwembad zouden uitlachen. Als ik geen schoen met een dikke zool aan heb kan je duidelijk zien dat ik mank loop. Toch vond ik schoolzwemmen wel fijn, daar heb ik ook gemerkt dat de mensen wel kijken als ik op de kant loop, maar verder heb ik er geen last van. Nu ga ik één of twee keer in de week naar het zwembad. Behalve bij paardrijden is zwemmen de enige sport waarbij ik geen last heb van dat been.'

Van die rotpoot, dacht hij.

'Dan kunnen jullie samen gaan zwemmen,' zei Linda en ze begon meteen bij zijn moeder te informeren naar de prijs van een abonnement. 'Ik heb maar heel weinig geld,' zei ze, 'maar ik wil niet dat mijn kinderen iets te kort komen. Vanmiddag ben ik met de jongens even de stad in geweest. Ik ben wel geschrokken van de prijzen.'

Met Marry naar het zwembad. Hij zag haar voor zich zoals ze uit het water opdook en op de kant klom, zoals op de foto boven in zijn bureau. In een nat glimmend glad badpak, zodat haar borsten heel duidelijk te zien waren.

Die foto die hij zijn moeder nooit had laten zien.

Die borsten die zo onverwacht zacht waren.

Zijn moeder stond op en liep naar de eethoek. Daar had je het al. Ze kwam terug met de tekening die hij drie jaar geleden in Zwitserland gemaakt had. Die vakantie had hij zich de eerste dagen te pletter verveeld. Fijn met vakantie naar Zwitserland hadden ze maanden van te voren al gezegd. Fijn wandelen in de bergen! Hij had bijna niet mee kunnen komen en na een paar dagen had hij een goede smoes gevonden. Hij wilde liever alleen een eindje lopen en dan gaan zitten tekenen als hij iets interessants zag. Een heel schetsboek had hij vol getekend met hutten en stallen en bloemen en watervalletjes en panorama's. En deze ene bok met zijn machtige horens, zijn zwarte voorkant en zijn witte achterkant. Een paar keer had hij die kleine kudde geiten gezien, zwart-witte Walliser geiten. Toen was hij er op eèn dag voor gaan zitten om die bok te tekenen. Hij vond het nog steeds een van zijn beste tekeningen. De bok stond half naar hem toegekeerd en keek hem recht aan met die vreemde lichtgele ogen. Zijn horens stonden wijd uit, zijn lange haren hingen vuil en vlokkig langs zijn lijf.

Zodra hij die tekening dezelfde middag nog had laten zien, wilde zijn moeder hem hebben. Thuis had ze hem laten inlijsten en in de eethoek boven de korte kant van de tafel aan de muur gehangen. Daar werd hij vandaan gehaald als er visite was. Het was zo gemakkelijk als er iets was waarmee je kon opscheppen.

Linda hield de tekening schuin achterover om geen last te hebben van de weerspiegelende lampen in het glas. Ze keek hem even aan en zei:

'Wat een kracht gaat er van zo'n beest uit, hè? Toch staat hij je hier aan te kijken met een uitdrukking van "Laat al die anderen maar kletsen, wij weten waar het in het leven om gaat!" Heb je hem daarom getekend?'

Hij haalde zijn schouders op.

'Toen ik hem tekende was ik dertien. Ik weet niet of ik toen al zo ver doordacht. Ik denk het eigenlijk niet.'

'Tegenwoordig gaat hij in ieder geval wel zijn eigen gang,' zei zijn vader. 'Soms denk ik dat hij zijn ouders alleen maar lastige randfiguren in zijn bestaan vindt.'

Het werd even stil. Hij vroeg zich af of hij nu op zou staan om beledigd naar zijn kamer te gaan, maar dan zouden zijn vader en moeder daar weer ruzie om maken zodra ze samen waren.

Linda redde de situatie.

'Jij was op de kweekschool ook zo goed in bordtekenen, Emmy,' zei ze. 'Doe je dat nog vaak?'

Hij zette zijn map met tekeningen weer tussen zijn bureau en de muur en keek op zijn horloge. Half twee. Linda was net weg. Beneden hoorde hij zijn moeder nog heen en weer lopen. Zo nu en dan zei ze iets tegen zijn vader. Of hij antwoord gaf was hier boven niet te horen, meestal praatte hij erg zacht. Dat was ook zijn kracht als leraar, hij praatte zo zacht dat de klas vanzelf stil was.

Met tranen in haar ogen had Linda afscheid genomen.

'Ik ben zo blij,' zei ze tegen zijn moeder. 'Zo opgelucht. Ik heb hier toch wel tegen opgezien. Wij hadden elkaar zo lang niet meer gezien en gesproken, ik wist niet of we nog wel met elkaar konden praten. We zijn allebei ouder geworden, we hebben allebei zoveel meegemaakt. En Aat kende ik helemaal niet...'

Ze had zijn moeder omhelsd en toen zijn vader een hand gegeven en hem op zijn wangen gekust.

'Ik kom maandagmorgen naar school,' zei ze. 'Met Marry en Victor. En jij praat dus eerst met jullie rector. Fijn, dat je dat voor me wilt doen.'

Ze had de hand van zijn vader lang vastgehouden en die was er zichtbaar verlegen onder geworden.

'Dat is toch een kleine moeite,' had hij gemompeld.

'Bukken, Ron,' had ze tegen hem gezegd. 'Anders kan ik er niet bij.'

Ze hadden met z'n drieën in de deuropening gestaan, toen zij naar de oude eend van haar moeder liep, instapte, startte en wegreed. Hij had zijn map met tekeningen uit de kamer gehaald en was meteen doorgelopen naar zijn eigen kamer.

Stuk voor stuk had hij haar zijn tekeningen laten zien, zoals hij dat al zo vaak had moeten doen, als zijn moeder hem gevraagd had of hij ze niet even van boven kon halen.

Toch was het nu anders. De collega's van zijn moeder keken meestal plichtmatig naar zijn tekeningen. Ze waren op visite en mochten hun gastvrouw niet beledigen, maar echte belangstelling hadden ze er niet voor. De collega's van zijn vader waren gedeeltelijk ook zijn eigen leraren, die plotseling ontdekten dat hij nog meer kon dan met moeite een lijst zessen bij elkaar leren. Linda was echt geïnteresseerd.

'Knap,' zei ze, toen ze lang naar een tekening van een kind op een pony had zitten kijken. 'Ik wou dat ik het zo kon.'

Hij had even geaarzeld voordat hij haar het portret van opa liet zien. Meestal zorgde hij er voor dat hij het samen met een andere tekening omsloeg. Ze hield het lang voor zich, met bijna gestrekte armen.

'Je vader,' zei ze tegen zijn moeder. 'Veel ouder dan in mijn herinnering en toch herken ik hem duidelijk. Je schreef dat hij gestorven is.'

'Anderhalf jaar geleden alweer,' zei zijn moeder.

'Hoe doe je dat?' vroeg Linda. 'Heb je hem van een foto nagetekend?

'Nee,' zei hij. 'Het is een echt portret. Opa kon dikwijls heel lang stil in zijn stoel zitten.'

'Als ik je nou beloof dat ik roerloos zal blijven zitten, wil je dan van mij ook eens een portret tekenen?'

Hij had geknikt en een kleur gekregen. Dat was wat Marry ook gevraagd had. Zoiets tenminste.

Ze hadden eerst met haar oma en haar broertjes tussen de poezen in de kamer gezeten. Hij had zich niet op zijn gemak gevoeld. Mevrouw Breukink praatte achter elkaar door, Marry zat dicht tegen hem aan en hield zijn hand vast, de jongens keken naar hen en zeiden zo nu en dan in het Spaans iets tegen elkaar en grinnikten dan en hij durfde zich niet te verroeren, omdat hij bang was dat hij iets zou omgooien.

Hij was opgelucht geweest toen Marry aankondigde dat ze naar boven gingen. Ze wilde hem iets laten zien, zei ze.

Met hun armen om elkaar heen hadden ze op haar bed gelegen en elkaar gezoend, totdat hij het zo warm gekregen had dat hij op zijn rug naast haar was gaan liggen.

Hij keek naar haar gezicht dat zo dichtbij was, haar zwarte haar, haar donkere ogen. Ze leek helemaal niet op haar moeder.

'Jij denkt,' zei ze. 'Wat denk je?'

'Dat je nu hier bent,' zei hij. 'Twee dagen geleden kende ik je alleen van je brieven.'

Ze kwam half over hem heen liggen. Met haar gezicht vlak boven het zijne zei ze:

'Vind je me lief?'

Hij had zijn vrije arm om haar heen gelegd en haar hard tegen zich aangetrokken en ze had hem wild gekust, op zijn ogen, zijn gezicht, zijn mond en toen ze zich op haar schouder wegdraaide, trok ze hem met zich mee en toen had hij zijn hand op haar borst gelegd. Heel stil waren ze zo blijven liggen, tot ze Victor en Boy naar boven hoorden komen. Ze waren naast elkaar op de rand van haar bed gaan zitten.

'We gaan naar oma,' zei ze. 'Ze is nu alleen.'

Mevrouw Breukink had gevraagd of ze iets wilden drinken. Hij had een glas melk gevraagd en Marry had hem vreemd aangekeken.

'Ja,' had hij gezegd, 'dat vind ik lekker. Koude melk. Ik moet ook veel melk drinken van de dokter, ik groei te hard, mijn botten moeten kalk hebben.'

Mevrouw Breukink had eerst nog zitten praten, maar ze was steeds stiller geworden.

'Ik ga naar bed,' had ze na een poosje gezegd. 'Wachten jullie hier nog tot je moeder thuiskomt?'

Marry had geknikt, maar hij had gezegd dat hij niet te laat thuis mocht komen, dus als ze nog erg lang wegbleef . . .

Ze hoorden mevrouw Breukink de trap op lopen en toen het boven stil geworden was duwde Marry haar schoenen uit en ging op de bank liggen met haar hoofd op zijn benen, haar gezicht van hem afgekeerd. Hij streelde haar over haar schouder en haar arm, langzaam heen en weer, tot hij zijn hand tussen haar arm en haar lichaam liet glijden en hem om haar borst legde. Hij kneep zacht.

'Dit heb ik gedroomd,' zei ze fluisterend en ze vertelde over de verhalen van haar vriendinnen, de verhalen die altijd weer over jongens gingen en over wat die jongens allemaal deden.

'Ik was alleen,' zei ze. 'Ik had jouw brieven. En ik droomde dat jij zo bij mij deed. Maar je was zo ver weg.'

Hij had zich vreemd gelukkig gevoeld. Hij wist bijna zeker dat ze wel eens andere jongens gekust had, maar dit was voor haar net zo nieuw als voor hem. Hij vertelde haar niet wat híj allemaal gefantaseerd had als hij naar haar foto's zat te kijken.

'Jouw brieven,' zei ze. 'Ik bewaar ze. Allemaal. Ik vind de tekeningen zo mooi.'

Soms had hij lang over het schrijven van een brief gedaan, elke dag weer een stukje. Dikwijls was het zo moeilijk om iets uit te leggen als hij bedacht dat zij zoiets nog nooit gezien had. Het pontje over de IJssel, het uitzicht over de rivier een eindje buiten de stad, schaatsende kinderen op de singel voor het station. Dan had hij er een kleine tekening bij gemaakt, soms niet meer dan een vluchtige schets, maar als hij het ineens te pakken kreeg, werd het ook wel eens een uitgewerkte tekening met alle mogelijke details.

'Je tekent mooi,' zei ze. 'Teken je mij ook?'

'Een portret?' vroeg hij.
Ze knikte met haar hoofd op zijn benen.
'Dan moet je wel stil zitten, misschien erg lang. Een portret is moeilijk.'
Met een ruk was ze overeind gekomen. Op haar knieën zat ze naast hem op de bank. Haar haren hingen voor haar ogen, ze duwde ze naar achteren en keek hem aan.
'Je moet me helemaal tekenen. Zonder kleren.'

8

Wat een geluk dat hij meteen bij het begin van het schooljaar al helemaal achteraan was gaan zitten. Nu wist hij tenminste zeker dat er achter hem geen spiedende ogen en geen stiekeme lachjes waren. Hij probeerde op te letten, hij deed tenminste of hij naar de uitleg van Lengkeek luisterde. Maar het grootste deel van de natuurkundeles ging langs hem heen. Zo heerlijk als het gisteren was om steeds dichtbij haar te zijn, zo beangstigend was haar aanwezigheid hier in de school.
Hij keek even vanuit zijn ooghoeken en onmiddellijk lachte ze terug.
Het was vanmorgen al begonnen zodra hij zich op school vertoonde. Hij stond in de garderobe, waar hij zijn valhelm en handschoenen in zijn kastje had gelegd. Hij duwde net zijn jack erbij toen Michel ineens naast hem stond.
'Hé, Ron, wat was dat voor een stuk waar jij zaterdag mee door de stad liep?'
Hij had het kastje op slot gedraaid en het sleuteltje in zijn zak laten glijden.
'Jij bent ook niet nieuwsgierig,' zei hij. 'Maar misschien kom je er in de loop van de dag nog wel achter.'
Hij had zich omgedraaid en was weggelopen. Anders hadden ze ook niet zoveel belangstelling voor hem, waarom moest hij die knul nu dan gaan vertellen wie Marry was? Vrienden had hij niet, alleen met Jacques en Hans ging hij wel om,

vooral omdat ze al sinds hun zesde jaar bij elkaar in de klas gezeten hadden, maar ook met hen praatte hij nooit over de dingen die hij werkelijk belangrijk vond. Als ze naar het paardrijden informeerden, zei hij dat het goed ging, meer niet en over een meisje in Argentinië waar hij mee correspondeerde had hij nooit iets gezegd.

Op de lagere school had hij nog wel vrienden gehad, Bas en Steven. Op woensdagmiddag gingen ze naar buiten, een hut bouwen of een eind fietsen, 's zomers zwemmen, maar hier op de Scholengemeenschap IJsselland was hij alleen gebleven. Hij was de zoon van een leraar – en dat was niet eens een populaire leraar. Spijkerhard noemden ze zijn vader, een vent die nooit iets door de vingers zag, dat wisten zelfs de brugklassers al, hoewel zijn vader als leraar economie alleen in de hoogste klassen les gaf.

'Wat heb ik gehoord, Ron, ben jij met een dame in de stad gesignaleerd?' vroeg Hans vlak naast hem.

Hij knikte.

'Michel is er helemaal kapot van,' zei Hans. 'Is ze werkelijk zo mooi?'

'Wait and see,' zei hij.

'Dus je houdt haar niet verborgen?'

'Waarom zou ik?'

Het hele eerste uur had hij zich onrustig gevoeld. Als hij voetstappen in de gang hoorde, verkrampte hij helemaal. Hij wist dat hij een vuurrode kop zou krijgen als de rector ineens met Marry binnenstapte, als zij zoekend door de klas keek en naar hem lachte. Als hij alleen maar aan haar dacht, aan die lange dag van gisteren, begon hij al te gloeien.

Het was meegevallen. Toen ze voor het tweede lesuur bij het natuurkundelokaal kwamen, stond ze tussen Lengkeek en Van Prooijen voor de klas. Van Prooijen had hem naar zich toe gewenkt.

'Ik heb gehoord dat jullie elkaar al kennen. Meneer Lengkeek zegt dat jij alleen zit, dat komt mooi uit. Neem jij Marry onder je hoede, ze zal er in het begin wel wat moeite mee hebben om de lessen te volgen. Probeer haar wat te helpen, ja?'

'Gaan jullie maar vast zitten,' zei Lengkeek en hij had haar meegenomen naar de achterste tafel bij het raam.

Lengkeek en Van Prooijen waren naar de deur gelopen en hadden daar nog even staan praten. Toen Lengkeek de deur achter de rector dichtgetrokken had, begon hij met de les alsof er niets bijzonders was. Steeds minder nieuwsgierige gezichten keken achterom. Michel en Co wisselden over de hele breedte van de klas veelbetekenende blikken uit. Toen pas had hij haar echt aan durven kijken. Ze had naar hem gelachen. Met hetzelfde voorzichtige lachje van gistermiddag.

'Kom je me halen?' had ze zaterdagavond gevraagd en zondagochtend om half twaalf had hij zijn brommer voor de tuin van mevrouw Breukink geparkeerd. Natuurlijk had hij eerst weer koffie moeten drinken en toen waren ze met een omweg naar zijn huis gelopen.

Hij had haar meegenomen langs de rivier. Op het water was het rustig, op het wandelpad was het druk. Wandelende gezinnen met kinderwagens en hollende kinderen in de novemberzon. Op het punt waar ze de rivier moesten verlaten, waren ze een poosje blijven staan. Hij had naar links gekeken en haar het pontje aangewezen, een zwart bootje tegen de schittering van de zon op het rimpelende water.

'Daar praatte mijn moeder altijd van,' zei ze, 'de zon op de rivier en de veerman zet de mensen over.'

Zijn vader en moeder hadden net zo nieuwsgierig naar haar zitten kijken als de hele klas een poosje geleden. Zijn moeder had ook al koffie klaar. Zo gezellig!

'Je lijkt helemaal niet op je moeder,' zei zijn moeder, alsof dat voor Marry iets nieuws moest zijn.

'Je hebt het zuidelijke uiterlijk van je vader,' zei zijn vader intelligent.

En daarna deden ze niets anders dan vragen stellen en Marry uithoren, zijn moeder over het leven in Argentinië en over haar vader en de boerderij, zijn vader over haar schoolopleiding, de vakken die ze gehad had en haar cijfers.

Toen het even stil was, vroeg Marry:

'Mag ik nu de tekeningen zien?'

Hij knikte.

'Ik heb ze boven in mijn kamer. Ga je mee?'

Ze waren al bijna de kamer uit, toen zijn moeder zei:

'Ik roep jullie wel als ik thee heb.'

'Wil je het doen?' had ze gevraagd. 'Een portret maken? Mij tekenen?'

'Weet je dat je moeder dat ook gevraagd heeft?' zei hij. 'Gisteravond. Ze heeft mijn tekeningen zitten bekijken en toen vroeg ze of ik een portret van haar wilde maken.'

Marry giechelde.

'Vroeg zij ook zonder kleren, nee, hoe noemde je dat? Naakt?'

'Nee, natuurlijk niet,' grinnikte hij en hij zag Linda voor zich, een slanke blonde vrouw, sterk en beslist. Hij zou een dubbelportret willen maken. Moeder en dochter.

Marry zat hem aan te kijken. Haar gezicht werd ernstig. Toen had ze in één vloeiende beweging haar trui over haar hoofd getrokken. Ze bleef ermee in haar hand zitten.

De bel. Spullen in de tas, opstaan, naar het volgende lokaal lopen. De dagelijkse routine, die ineens anders geworden was. Van Lengkeek naar Stolk voor een uurtje Engels, maar nu liep Marry naast hem, niet het half naakte meisje van gisteren, maar het nieuwe meisje van de klas. Niet het meisje voor hem alleen, maar het voorwerp van algemene nieuwsgierigheid. Even was hij niet de lange slungel die meestal alleen van de ene les naar de andere sjokte, maar degene die nog meer kon vertellen over dat meisje met het vreemde accent, dat geduldig naar alle vragen luisterde en antwoorden gaf en zo nu en dan naar hem opkeek als ze iets niet begreep.

Had hij gisteren niet net verkeerd gereageerd. Had ze misschien iets heel anders van hem verwacht? Hij was geschrokken.

'Ben je gek?' had hij gezegd. 'Dat kan niet. Er kan elk moment iemand binnenkomen.'

Met een voorzichtig lachje had ze naar hem zitten kijken.

'Vind je me niet mooi?' vroeg ze.

Hij had de map met tekeningen op zijn bureau gelegd, was naar haar toe gelopen en had zijn handen op haar schouders gelegd.

'Heel mooi,' had hij schor gezegd. 'En heel lief. Maar je moet je trui aantrekken. Ik ben bang dat er iemand komt.'

Stolk maakte onmiddellijk gebruik van de gelegenheid. Een unieke kans om jullie spreekvaardigheid op te voeren, noemde hij het en dan kon hij meteen horen wat ze in Argentinië aan Engels deden.

Marry zat voor de klas en beantwoordde vragen. Over Argentinië, over de school waar ze op gezeten had, over het beroep van haar vader, waarom ze dan nu naar Nederland gekomen was, of ze het hier naar haar zin had, of ze van plan was hier altijd te blijven.

Zo nu en dan keek ze hem even aan. Hij was trots op haar. Ze sprak goed Engels, beter dan de meeste van zijn klasgenoten, die hun vragen moeizaam formuleerden en een paar keer moeite hadden met het verstaan van haar antwoord.

Er vielen langere stiltes tussen de vragen, de eerste nieuwsgierigheid was bevredigd.

'Hoe ken jij Ron eigenlijk?' vroeg Michel na een poosje in het Nederlands. Het klonk nogal agressief.

'I cannot say that in English,' antwoordde ze met haar liefste glimlach in de richting van Michel, 'only in Spanish,' en toen ging ze in vlug Spaans verder, waarna ze Michel nog eens zo'n lief lachje gunde.

Stolk schoot luidruchtig in de lach en verslikte zich.

'Verstaat u Spaans?' werd er geroepen. 'Wat zei ze?'

Stolk zette zijn bril af en veegde zijn ogen droog. Hij stond op en ging naast Marry staan.

'Mag ik het zeggen?' vroeg hij.

Ze knikte.

'Goed, Michel,' zei hij, 'je hebt er zelf om gevraagd. Ze zei zo ongeveer: Dat gaat je eigenlijk geen barst aan, maar laten we het er maar op houden, dat onze moeders toen wij nog in de wieg lagen al afgesproken hebben dat wij met elkaar gaan trouwen. Als je je goed gedraagt mag je op de bruiloft komen!'

In het losbarstend lawaai draaide hij zich naar Marry toe en vroeg:

'Zo heb ik het toch goed vertaald?'

Ze knikte en stond op en kwam achterin de klas naast hem zitten. Ze trok haar stoel een beetje dichter bij de zijne en pakte zijn hand.

'Hij weet het nu,' zei ze.

Zo had ze gisteren moeten kijken, dacht hij. Zo koppig, zo trots, en niet met dat verlegen, bijna beledigde lachje, dat hij niet had kunnen tekenen.

Ze had haar trui nog maar net weer aangetrokken, toen zijn moeder kwam bevestigen dat zijn angst niet voor niets geweest was. Ze stak haar hoofd om de deur en zei dat de thee getrokken was. Of ze beneden kwamen. Hij had haar niet naar boven horen komen.

Na het eten had hij Marry naar huis gebracht. Het mocht niet weer zo laat worden op die avond voor haar eerste schooldag in Nederland. Hij had weer de omweg langs de IJssel genomen. Het was koud.

Voordat ze van de rivier de stad in zouden lopen, bleef Marry staan. Ze keek naar de lichten aan de overkant en draaide zich toen om naar de stad.

'Nu ben ik in Nederland,' zei ze. 'Nu ben ik een Nederlands meisje. Ben ik jouw meisje?'

Hij had zijn handen om haar gezicht gelegd en haar gekust.

Toen zijn vader en moeder naar bed waren, had hij zijn schetsboek gepakt en haar uit zijn herinnering getekend zoals ze op zijn bed gezeten had, een klein meisje met blote borsten, haar handen naast zich op de rand van het bed. In één hand haar trui. Zo wilde hij haar altijd onthouden. Als het meisje dat helemaal van hem was.

Deel II – *januari*

9

Linda zat roerloos naar de hoek van de kamer te kijken, precies zoals hij haar gezegd had. En toch was hij niet tevreden.

Op Nieuwjaarsdag was ze erop teruggekomen.

Om elf uur was er aan de deur gebeld en even later was Linda met Marry de kamer in gestapt. De jongens waren bij hun oma gebleven zei ze, maar Marry wilde graag mee.

Moeder en dochter hadden eerst zijn vader gekust en toen hem. De omhelzing van Linda was hartelijker geweest dan die van Marry, die hem plichtmatig op elke wang een zoen gaf. Ze had hem er niet bij aangekeken.

Zijn moeder had koffie gezet en de schaal met oliebollen te voorschijn gehaald en ze hadden over hun oudejaarsavond zitten praten.

'Heel rustig,' zei Linda. 'We hebben tot bij twaalven televisie zitten kijken en toen zijn we naar bed gegaan.'

Hij had zich afgevraagd of Marry ook de hele avond thuis was geweest, maar ze zei niets, ze zat maar wat voor zich uit te kijken. Niet meer dan een enkele keer had hij haar blik kunnen vangen. Dat was toen hij haar de schaal met oliebollen voorhield. Ze keek hem koel aan.

Ze hadden hun jassen alweer aan, toen Linda het hem plotseling vroeg:

'Ron, je hebt me beloofd dat je een portret van me zou tekenen. Weet je dat nog?'

Hij had geknikt en naar Marry gekeken. Natuurlijk wist hij dat nog. Hij wist ook dat hij het niet alleen haar beloofd had.

En hij wist ook dat hij het Marry verteld had. 'Vroeg zij ook zonder kleren?' had ze toen gezegd. Het leek lang geleden.

'Wat denk je,' zei Linda, 'heb je daar binnenkort een keer tijd voor?'

'Een keer,' zei hij geschrokken. 'Dat kan ik echt niet in een verloren uurtje. Misschien doe ik daar wel drie hele middagen over.'

Nu zat ze hier in zijn kamer. Op zijn bureaustoel. Zelf had hij de kruk uit de keuken gehaald.

Dat was zijn eis geweest: hij wilde haar alleen hier in zijn kamer tekenen. Ergens anders zouden ze toch telkens gestoord worden, door mevrouw Breukink, door de jongens of door Marry en als ze hier beneden in de kamer gingen zitten, door zijn moeder. Hij kon er nu eenmaal niet tegen als iemand over zijn schouder meekeek.

Hij had haar op zijn stoel gezet en haar een paar keer een klein beetje laten draaien, tot het licht van zijn lamp goed op haar gezicht viel. Aan het kille januarilicht dat van buiten kwam had hij niet veel. Na een poosje had hij het gordijn zelfs dichtgetrokken.

Hij sloeg het vel van zijn schetsboek om en begon voor de derde keer. Zo kon het natuurlijk niet. Zo kon het nooit iets worden. Hij had haar gevraagd naar de hoek van de kamer te kijken; als ze haar hoofd te vaak anders hield zou hij zeker deze eerste keer telkens opnieuw moeten beginnen. Als hij eenmaal een begin had, de vorm van haar gezicht, haar mond, haar neus, de stand van haar ogen, dan maakte het niet meer zoveel uit, dan moest hij alleen nog maar invullen.

Nu hadden haar ogen langzamerhand iets starends gekregen. De uitdrukking was eruit verdwenen. Ze had haar kaken op elkaar geklemd, het vel van haar gezicht was steeds strakker gespannen. Haar lippen waren smal en dun, van de lachrimpeltjes bij haar ogen was niets te zien.

'Probeer eens te ontspannen,' zei hij. 'Het doet gewoonlijk geen pijn.'

Ze schokte even en keek hem toen met grote ogen aan.

'Sorry,' zei ze met een geschrokken lachje, 'ik was heel ergens anders met mijn gedachten.'

'Dat was te zien,' zei hij. 'Je gezicht was net een masker. Zo kan ik je niet tekenen. Probeer eens een beetje te lachen.'

'Veel reden om te lachen heb ik de laatste tijd niet.'

Hij wist niet wat hij daarop moest zeggen. De laatste weken had hij haar niet meer gezien, alleen op Nieuwjaarsdag een uurtje.

'Ik zal mijn best doen,' zei ze. Ze ging rechtop zitten en keek weer naar de hoek van de kamer. Er hing een vaag lachje op haar gezicht.

Nu. Zo wilde hij haar hebben. Zijn potlood schoot over het papier. Haar neus, haar mond, haar ogen met aan deze kant die dunne rimpeltjes. De rest kon later komen.

Zo had hij Marry ook willen tekenen, niet zomaar een plaatje, maar een levend gezicht, een gezicht waaraan je kon zien wat de mens erachter dacht, een gezicht waaraan je kon zien wat die mens wilde.

Misschien was het hem juist daardoor bij Marry niet gelukt.

De eerste weken op school was ze erg van hem afhankelijk geweest. Onder de lessen had ze telkens gevraagd wat een woord of een uitdrukking betekende en als ze samen hun huiswerk maakten, meestal in haar kamer, soms in de zijne of bij hem thuis aan de eettafel, moest hij haar wel eens uitleggen wat een zin of een hele alinea betekende.

Maar ze had het Nederlands gauw helemaal onder de knie gekregen en maakte ook bij het spreken veel minder fouten. In de meeste vakken was ze beter dan hij, in de exacte vakken kon ze meekomen met de besten van de klas.

Hij keek naar Linda en zag Marry voor zich, zoals ze in die weken steeds weer voor hem had willen poseren. De eerste dinsdag had ze hem een nieuw schetsblok gegeven, haar trui over haar hoofd getrokken en gezegd dat hij haar nu echt moest tekenen. Hier zouden ze niet gestoord worden.

Het was hem niet gelukt. Hij wilde haar aanraken, niet tekenen. Hij wilde die mond kussen, niet in lijntjes op een stuk papier zetten.

Een paar keer hadden ze na zo'n poging om haar te tekenen nog lang op haar bed gelegen en elkaar gestreeld.

'Wat is er gebeurd, Ron?' vroeg Linda zonder haar hoofd te draaien. 'In het begin waren jullie elke dag bij elkaar, Marry had hele verhalen over jou en tegenwoordig zien we je helemaal niet meer.'

Hij zuchtte.

'Ik wou dat ik het wist,' zei hij zacht. 'Misschien heeft ze me niet meer nodig. Op school is ze veel beter dan ik. Met de taal heeft ze ook geen moeilijkheden meer. Ze heeft op school ook andere vrienden gekregen.'

Hij kon haar moeder toch niet vertellen dat hij haar telkens zacht weggeduwd had, als ze te veel van hem wilde? Hij kon Linda toch niet vertellen wat er de dag na Sinterklaas in deze kamer gebeurd was?

'Dat geloof ik niet,' zei ze. 'Jullie hadden al zo lang met elkaar gecorrespondeerd. Jullie kenden elkaar toch eigenlijk al goed? Zodra we de zekerheid hadden dat we naar Nederland zouden komen, heeft Marry zich er zo verschrikkelijk op verheugd dat ze je nu eindelijk zou zien. Geloof me, Ron, vrouwen zien zoiets echt wel scherp. En ik weet nog maar al te goed hoe ik zelf was toen ik zeventien was. Toen wij hierheen reisden was Marry tot over haar oren verliefd op jou.'

Hij schudde zijn hoofd.

'Ze was verliefd op mijn brieven. Ik denk dat de werkelijkheid tegengevallen is.'

De dag na Sinterklaas was Marry met haar moeder meegekomen. Linda zou met zijn vader en moeder naar de schouwburg gaan. Zijn moeder had van alles en nog wat klaargezet: koffie, appelsap, een trommel met koekjes, een bak vol pinda's.

'En als jullie trek in iets anders hebben weet je het wel te vinden,' zei ze.

Ze hadden op de bank gezeten en elkaar gekust, hij had zijn hand onder haar trui geschoven en toen had ze gezegd:

'Nu wil ik alles. Nu kan het. We zijn samen.'

Ze lagen in zijn bed en hij kon het niet. Hij had haar lichaam gestreeld en haar mond gekust, maar de opwinding die beneden op de bank zo hevig was wilde niet terugkomen.

Toen zijn vader en moeder met Linda uit de schouwburg kwamen zaten Marry en hij naast elkaar op de bank televisie te kijken.

De dag daarna was ze jarig. Ze had de halve klas uitgenodigd. Het grootste deel van de avond had ze met Michel zitten praten.

Hij was als een van de eersten vertrokken. Het rook in haar kamer naar bier en het stond er blauw van de rook. Hij wist niet of Marry die avond voor het eerst gerookt had, maar sindsdien ging ze op school in de pauze ook altijd naar buiten. Meestal was ze op het schoolplein het middelpunt van een groepje dat hard stond te praten en veel lachte. Hij voelde zich buitengesloten.

Na het laatste uur liep ze met mensen uit datzelfde groepje weg. Hij reed op zijn brommer naar huis.

Hem had ze niet meer nodig.

Tussen de lessen stond ze met anderen te praten tot de leraar met zijn les wilde beginnen. Dan haastte ze zich naar haar plaats en schoof bij hem aan tafel.

'Marry is tegenwoordig zoveel weg,' zei Linda. 'Je weet dat mijn moeder en ik haar voor haar verjaardag een abonnement op het zwembad gegeven hebben?'

Hij knikte.

'Hadden we dat maar niet gedaan. Nu moet ze er beslist elke avond heen. Ze vertelt ons niets. Voor een gesprek heeft ze geen tijd.'

Haar gezicht verstrakte weer. Hij kon er nu beter mee stoppen. Ze wilde kennelijk praten en als ze zulke sombere gedachten had, keek ze toch niet zoals hij haar het liefst zou tekenen. Hij was trouwens niet ontevreden met het voorlopig resultaat.

'Het is wel genoeg voor vandaag,' zei hij.

Ze stond op en trok haar rug hol.

'Ik ben stijf geworden van het zitten,' zei ze verontschuldigend. 'Mag ik zien wat je er tot nu toe van gemaakt hebt?'

Ze kwam achter hem staan en legde een hand op zijn schouder.

'Ik vind het toch zo knap dat je dat kan,' zei ze. 'Het is werkelijk alsof ik mezelf in de spiegel zie. Alleen die rimpels, moeten die erop?'

'Je wilde toch een portret?' zei hij. 'Dan wil ik je ook tekenen zoals je bent.'

Elke avond in het zwembad, dacht hij. Elke avond in badpak. Zou ze in het zwembad datzelfde gladde, glimmende badpak aan hebben?

Hij had de foto te voorschijn gehaald waar hij niet meer naar gekeken had sinds die eerste avond dat ze hier was. Hij keek naar dat lichaam dat hij nu zo goed kende, naar de zwarte haren die glad om haar hoofd lagen. Zouden anderen haar nu zo zien, niet op een kleurige foto maar in werkelijkheid?

Op zijn verjaardag, twee dagen voor Kerstmis, had hij niemand gevraagd. Marry had 's avonds opgebeld. Op de achtergrond had hij veel lawaai gehoord. Zwembadlawaai?

Hij moest een keer naar het zwembad, dat had hij Linda vanmiddag beloofd. Maar niet nu.

Morgen was het zaterdag. Manegedag. Eindelijk weer eens iets om zich op te verheugen.

10

Wendy en Bart maakten vorderingen. Dat kon van mevrouw Idema niet gezegd worden.

Hij vond het elke keer weer fijn om die kinderen les te geven en Rob had ze langzamerhand helemaal aan hem overgelaten. Toen hij daar voorzichtig tegen protesteerde, omdat Rob nu eenmaal de rij-instructeur met de grote naam was, zei Rob:

'Ga gerust met die kinderen verder. Ik merk aan mezelf dat ik lang niet altijd genoeg geduld kan opbrengen. Jij doet het prima, de kinderen vinden het leuk en hun ouders zijn ook tevreden.'

Met een voldaan gevoel stond hij te kijken hoe ze rond galoppeerden. Dat had hij die twee geleerd.

'Pas op, Bart,' zei hij, 'laat je niet uit het zadel omhoog gooien, je moet eraan vastgekleefd zitten, ook in de galop. Ja, goed zo!'

Toch werd zijn plezier in dit uur de laatste tijd een beetje vergald bij het vooruitzicht van de volgende les. Dan kwam mevrouw Idema en Rob had graag dat hij bij die les aanwezig was. Elke zaterdag moest hij een paar keer op haar paard stappen om te laten zien wat de juiste zit was, waar je je onderbeen moest leggen om het paard een perfecte wending te laten maken, wat je moest doen om het paard halt te laten houden zonder hard aan de teugels te trekken. Het was iedere week op een ontmoedigende manier hetzelfde. Ze leerde het nooit.

Het enige lichtpuntje was dat hij dan de kans kreeg het paard een paar rondjes door de manege te laten stappen of draven. Zo verleerde de merrie tenminste niet wat hij haar ten koste van zoveel zweet geleerd had.

Hij keek op zijn horloge. Het uur was voorbij. Idema zat nog niet op zijn vaste plek in de kantine om naar de verrichtingen van zijn vrouw te kijken.

'We gaan stoppen, jongens,' zei hij. 'Allebei op het midden van de lange zijde afwenden en halt houden. Hoo! Nee, Bart, dat doen we over, dat kun je veel beter. Zo overval je je pony en dan moet je aan de noodrem trekken, dat is niet de bedoeling. Voorwaarts in stap en op de hoefslag allebei op de linkerhand. Aandraven! Nu weer een overgang maken naar de stap, afwenden en halt houden op het midden. Maak je lang, Bart, dan weet je pony wat er van hem verwacht wordt. Ja, dat is veel beter! Afstijgen, één, twee, drie! Ja, keurig! Nu de beugels omhoog doen en denk erom, altijd je arm door de teugel houden, hier binnen kan er niet veel gebeuren, dat weet ik ook wel, maar het moet een gewoonte worden. Buiten kan een pony altijd ergens van schrikken en als je hem dan niet bij de teugel hebt kun je er lang achteraan lopen! Oké, pony's belonen en naar de stal brengen. Jullie weten nu zelf hoe je ze af moet zadelen.'

Hij bleef erbij staan kijken hoe Wendy en Bart de singels aan één kant losgespten, ze daarna over het zadel legden en toen de zadels van de ponyruggen tilden. Hij nam ze van de kinderen over en legde ze op de zadelsteunen. Wendy en Bart hingen de hoofdstellen er zelf onder.

'Zo, jongens, tot volgende week,' zei hij.

Hij stond hen nog na te kijken toen Idema uit het kantoortje van Rob de lange gang langs de paardeboxen in liep. Marry kwam meteen na hem naar buiten. Ze had glimmend nieuwe rijlaarzen aan, een bruine rijbroek die haar als gegoten zat, en een beige sweatshirt dat hij haar niet eerder had zien dragen. Ze zag eruit om door een ringetje te halen. Ze hield een zwarte cap onder haar linker arm geklemd.

Toen ze hem zag staan kwam ze in beweging. Ze holde naar hem toe, pakte de cap onder het lopen in haar rechterhand en sprong tegen hem op. Ze sloeg haar armen om hem heen en hij hield haar vast, een paar decimeter boven de grond. Ze zoende hem op zijn wang en zei:

'Ik ben zo blij. Ik mag op het paard van meneer Idema rijden. Zijn vrouw heeft het in haar rug. Zij kan niet. Nu mag ik. En jij moet mij lesgeven. Jij moet het mij leren.'

Haar stem vlak bij zijn oor. Dat zachte lichaam weer tegen hem aan.

'Wil jij het mij leren? Rob zegt dat het goed is.'

Hij liet haar langzaam op de grond zakken en moest haar even vasthouden omdat hij weer een duizeling voelde opkomen.

'Ja,' zei hij. 'Als Rob het goed vindt, wil ik het graag doen. Maar dan moet je ook alles leren, alles wat met paardrijden te maken heeft. Pak het zadel van mevrouw Idema maar, dat nieuwe daar, het derde van links, in die blauwe plastic hoes.'

Hij legde zijn linkerhand op haar knie en zijn rechter om de hak van de glimmende laars.

'Dat deed ik zelf ook in het begin. Ik denk dat het een heel logische reactie is, maar je moet jezelf er meteen aan wennen dat je je onderbenen niet naar achteren houdt. Drijven, je paard vooruit sturen, doe je met je knieën en vooral met je kuiten. Dan moeten je kuiten het paard ook op de juiste plek raken, zo, hier. En je zit moet goed zijn.'

'Wat is dat?'

Hij legde zijn hand even tegen haar bil.

'Je moet goed diep in het zadel zitten.'

Ze keek hem aan met hetzelfde vertrouwelijke lachje als in de stal toen hij haar hielp met opzadelen. Hij had aanwijzingen gegeven, voorgedaan hoe het moest en daarbij hadden ze elkaar telkens aangeraakt, hun handen, hun heupen, haar schouder tegen zijn arm. In de beslotenheid van de paardebox was het even net als in het begin geweest, zij samen, niemand anders in de buurt. Hij moest haar helpen met dingen waar ze niets van wist. Als ze begreep wat hij bedoelde, keek ze blij naar hem op.

Hij had het paard voor haar naar de manege geleid en daar hadden ze de beugels op maat gemaakt. Ze was te klein om zonder hulp op te stijgen, dus had hij haar aan haar gebogen knie opgetild. Toen ze in het zadel zat, had ze zich naar hem voorover gebogen en hem met een zoen bedankt.

Alsof er niets gebeurd was. Alsof ze verder konden gaan op het moment waar alles gestopt was, die dag na Sinterklaas, toen hij in zijn eigen bed lag met dit meisje dat ineens een vreemde voor hem was. Toen hij zo'n zin had om te janken.

Nu hij hier in de manege zijn hand op haar knie legde, zou hij ergens met haar alleen willen zijn.

Ze leerde vlug. Ook in de manege. Ze had er nog geen uur op gezeten en de merrie liep al beter dan wanneer mevrouw Idema in het zadel zat.

Hij hielp haar met afzadelen. Idema stond in het gangpad door de tralies van de box naar binnen te kijken. Het hele uur had hij in de kantine op zijn stoel gezeten met een flesje bier binnen handbereik. Zodra de les afgelopen was, was hij opgestaan en naar beneden gekomen. Als zijn vrouw les had, maakte hij niet zo'n haast.

'Niet slecht,' zei hij. 'Ik heb er niet veel verstand van maar het zag er goed uit. Jij kunt er wat van, Slot, ik denk dat je net zo'n goeie schoolmeester bent als je vader.'

Hij haalde zijn schouders op en keek naar Marry. Haar haren zaten zweterig op haar voorhoofd geplakt. Op haar rug en onder haar armen was haar sweatshirt nat.

'Heb ik je niet te hard laten werken?' vroeg hij.

'Nee,' zei ze. 'Het was heel fijn. Ik hoop dat ik volgende week weer mag?'

'Ik denk het wel,' zei Idema.

'Wij hebben hier ook nog wel andere paarden,' zei hij. 'Als ik het hem vraag, vindt Rob het wel goed dat je op een van zijn paarden rijdt. Je hebt er gevoel voor.'

Hij wist niet wat hij moest doen. Na zo'n manegedag was hij flink moe, dan wilde hij eigenlijk niets liever dan thuis een beetje naar de televisie kijken en vroeg naar bed gaan.

Maar ze had het hem gevraagd. Als hij nu niet ging, verspeelde hij misschien een belangrijke kans. Als hij wel ging, zou hij haar kunnen vragen of ze morgen samen iets konden doen.

Hij wist het nog niet. In ieder geval had hij hier voor vandaag wel genoeg gedaan. Hij leidde het laatste paard van de buitenbak naar de stal en zadelde het af. Toen hij het zadel op de drager hing kon hij het niet laten zijn hand even op het zadel van mevrouw Idema te leggen. Marry had er als laatste op gezeten. Natuurlijk was dat onzin, dat wist hij ook wel – ze zou niets van deze aanraking merken.

Hij had gehoopt dat ze de rest van de dag in de manege zou blijven, net als die eerste weken dat ze in Nederland was. Maar Idema was ongeduldig geworden en had om de haverklap op zijn horloge gekeken. Toen Marry dat niet merkte of misschien alleen maar deed of ze het niet zag, zei hij:

'Kom, Marry, ik heb vandaag nog meer te doen.'

Samen waren ze door de gang langs de boxen weggelopen, een klein meisje naast die grote, zware man. Halverwege had Marry zich omgedraaid en was naar hem teruggehold. Ze had hem een zoen naast zijn mond gegeven en hem bedankt voor de les.

'Ik vond het heel fijn,' zei ze. 'Heel fijn. Ik moet nu weg. Vanavond ga ik naar het zwembad. Kom jij ook? Jij komt daar nooit. En je hebt me geschreven dat je een paar keer per week gaat zwemmen. Het is altijd erg gezellig. Hè toe! Doe je het? Kom je ook vanavond?'

'Ik weet het nog niet,' had hij gezegd.

II

Zwemmen. Hij zwemt. Borstcrawl. Hij voelt dat het erin zit vandaag. Hij ziet de krantekoppen al: SLOT ZWEMT RECORD. NIEUW RECORD 100 M VRIJE SLAG. RON SLOT IN SUPERVORM.

Zijn beenslag is gelijkmatig, zijn benen zijn de motor die hem voortstuwt. Zijn armen glijden krachtig door het water, ze trekken hem vooruit. Hij houdt een razend tempo aan. Op de honderd meter moet dat kunnen. Pas bij elke derde slag met zijn rechterarm haalt hij adem, een vlugge happende beweging onder de arm door. Hij richt zich op de witte gelei-

destreep op de grijszwarte bodem. Elke afwijking van de rechte lijn kan tienden van een seconde schelen. Het keerpunt wordt minstens zo belangrijk. Hij meet de afstand tot de muur met zijn ogen vlak boven het oppervlak en ziet dat ze bomen over zijn baan hebben laten vallen. Aan de structuur van de schors te zien zijn het eiken. Tussen de bladeren van de takken duiken gezichten op, zijn moeder, Linda, zijn vader, mevrouw Breukink, Boy. Ze breken takken af en slaan naar hem. Hij keert en zwemt terug, maar hij komt bijna niet meer vooruit door dat taaie asfalt. Hij richt zich op de geleidestreep, kijkt voor zich en ziet een nieuwe barricade van omgezaagde bomen die langzaam naar hem toeschuift. Marry staat er bovenop en roept aanwijzingen naar Michel. Als hij zich aan een tak wil vastklampen stoot ze hem met haar voet weg en dan verschijnt Idema, die hem met een grote bijl bedreigt. Hij voelt dat hij langzaam in het weke asfalt wegzakt. Van de twee versperringen vlak naast hem kijken grijnzende gezichten op hem neer.

Zijn dekbed was half weggetrapt, het lag zwaar op zijn voeten. Hij was drijfnat van het zweet.

Zonder geluid te maken stond hij op en liep door het donkere huis naar de w.c. Daar knipte hij het licht aan en zag dat het pas half één was. Dan had hij nog niet eens een uur geslapen. Om elf uur was hij pas naar boven gegaan.

Wat een rotavond! Hij had wijzer moeten zijn, hij had niet naar het zwembad moeten gaan. Natuurlijk was hij toch gegaan. Ten eerste had hij het Linda beloofd, ten tweede had Marry het hem zelf gevraagd, ten derde hoopte hij dat ze nu toch wel weer met hem te maken wilde hebben. Misschien was dit haar manier om hem dat te laten merken. Misschien kon hij haar naar huis brengen en terloops vragen of ze voor de zondag al plannen had.

De slaap wilde niet terugkomen. Niet echt. Toen hij het lampje boven zijn bed aanknipte was het half drie. Hij herinnerde zich vaag verwarde droomfragmenten, maar hij had ook het idee dat hij niet meer geslapen had sinds hij naar de w.c. geweest was.

Het waren stukjes droom waarin Marry hem naar zich toe lokte, uitdagend, met haar borsten vooruitgestoken in haar glimmende badpak en als hij op haar uitdaging inging en zijn armen om haar heen legde, was het Linda die in zijn oor fluisterde, Linda in een laag uitgesneden badpak dat glimmend en nat om haar heen zat. Of Marry zei dat hij nu eindelijk die tekening van haar eens moest maken en toen hij dat goed vond zei ze dat hij eigenlijk net zo goed haar moeder kon tekenen, want die was toch mooier en Linda had naakt voor hem geposeerd en ze had hem als het ware naar zich toe gezogen, die sterke blonde vrouw en toen ze haar armen naar hem uitstak had Marry hard staan lachen.

Kwart voor vier. Later was het gelukkig nog niet. Hij moest toch in slaap gevallen zijn. Hij had gedroomd, nu moest hij een schone onderbroek aantrekken. Hij gooide de kleverig natte onderbroek in de hoek naast zijn bureau. Morgenochtend zou hij wel opgedroogd zijn en kon hij hem zo in de wasbox gooien. Dan viel die vlek niet meer zo op.

Hij schaamde zich er nog altijd voor als hij een natte droom gehad had, ook al wist hij sinds die eerste keer toen hij een jaar of dertien was, dat zijn moeder erom kon lachen. Misschien probeerde hij het juist daarom voor haar te verbergen.

Eigenlijk zou hij zich willen wassen, maar hij kon nu niet naar de badkamer gaan. Zijn vader zou onmiddellijk wakker worden als hij de kraan open draaide.

Met één been in zijn schone onderbroek herinnerde hij zich die laatste droom ineens weer. Die vrouw was Linda.

Hij pakte zijn schetsboek en bladerde door tot de derde tekening van vrijdagmiddag. Haar gezicht keek hem aan, een mond, een kin, een neus, een paar ogen. Meer nog niet, maar het was genoeg om hem aan te kijken. In gedachten zag hij haar lichaam daar onder, zoals ze vanavond in de kamer gezeten had – en toen zoals ze in zijn droom was, niet helder, niet samenhangend, lijnen van heupen en borsten. Zo zou hij haar willen tekenen, uit zijn droomgeheugen zou hij haar na willen tekenen: onsamenhangende stukken vrouw. Maar hij durfde niet. Het idee dat iemand zo'n tekening zou vinden, een fantasielichaam met het gezicht van Linda.

Hij snapte niets van zichzelf. Jarenlang was hij toch minstens één keer in de week naar het zwembad gegaan. Er waren altijd meisjes geweest, gewone meisjes. Nu waren het allemaal meisjes met borsten, Marry in haar glimmende badpak, Annet in haar zwarte bikini, en al die andere meisjes, meisjes die hij kende en meisjes die hij nooit eerder gezien had. En ze hadden hem allemaal opgewonden, zo erg dat hij nauwelijks het water uit durfde te komen.

Erg gezellig, had Marry dat genoemd, het was altijd erg gezellig in het zwembad. Dat noemde zij dus gezellig.

Toen hij nog kurkdroog uit de kleedruimte kwam, zijn handdoek over één schouder, zorgvuldig alleen de tenen van zijn linker voet op de grond zettend om niet al te opvallend mank te lopen, was Marry hard aan komen lopen. Druipend had ze zich tegen hem aangedrukt.

'Fijn dat je er bent,' zei ze en toen stapte ze op de rand en dook het water in.

Het was het groepje waarmee hij haar de laatste tijd altijd samen zag. Michel, Co, Jos, Annet, Trudy en Karin. En Marry natuurlijk. En een grote bal. Vier meisjes tegen drie jongens. De meisjes gooiden de bal naar elkaar, de jongens kwamen er niet zo veel aan te pas.

'Kom op, man!' riep Jos naar hem. 'Dan zullen wij die meiden eens een lesje leren!'

Hij hing zijn handdoek op de dichtstbijzijnde verwarming en dook erin. Toen hij boven kwam, plofte de bal vlak voor zijn gezicht op het water. Voordat hij zijn hand erop had kunnen leggen voelde hij twee handen op zijn schouders die hem onder probeerden te duwen. Het lukte hem nog de bal met een zijwaartse handbeweging naar Co te gooien, toen werd de druk op zijn schouders te groot.

Maar alleen ga ik niet, dacht hij. Hij kende die grapjes; als je de ander maar vlug genoeg bij zijn pols pakte, kon je hem mee naar beneden trekken, veel verder zelfs dan hij wilde. Steeds dieper duikend draaide hij zich om. Het was Marry, hij had eigenlijk ook niet anders verwacht.

Ze was ook daarna bij hem gebleven en ze hadden allebei hun best gedaan om de bal te pakken te krijgen als die bij hen in de buurt kwam. Voortdurend had hij haar lichaam tegen het zijne gevoeld, ook als de bal aan de andere kant van het bad was, haar borsten tegen zijn rug, haar handen op zijn heupen, soms gevaarlijk ver naar voren kruipend.

Toen de bal tussen hem en Michel viel, waren ze er allebei op af gezwommen. Sindsdien was Annet bij hem gebleven. Zij was sterker dan Marry en ook heel wat zwaarder als ze probeerde over hem heen te reiken om bij de bal te komen. Net zo duidelijk als Marry liet ze steeds weer merken dat ze er beslist geen bezwaar tegen had door hem aangeraakt te worden.

Hij wilde niet. Ze wond hem op, maar hij wilde niet. Dat wilde hij Marry niet aandoen. Tot hij de handen van Michel vlak onder het wateroppervlak op de borsten van Marry zag. Ze draaide niet weg, ze trapte niet achteruit. Toen dook hij en trok Annet met zich mee en kuste haar onder water. De volgende keer hadden hun tongen met elkaar gespeeld en hij wist nu dat haar borsten werkelijk groter waren dan die van Marry.

Dat noemde Marry dus gezellig.

Ze hadden nog een poosje op de grond tegen de verwarming gezeten, Marry had acht blikjes cola gehaald en hij moest er steeds maar naar kijken hoe de hand van Jos over de gebogen knie van Marry gleed, heen en weer, steeds verder naar beneden. Annet had dicht tegen hem aangezeten, hij voelde haar borst tegen zijn arm en hij had zijn hand op haar been gelegd, vlak onder dat kleine bikinibroekje.

Toen ze met z'n allen opstonden had hij weer zo'n duizeling

gekregen. Het zwembad had even voor zijn ogen geschommeld en was toen langzaam overeind gekomen. Hij had zijn ogen dichtgedaan en om zich heen gegrepen om steun te zoeken. Het was de schouder van Annet die voorkwam dat hij tegen de tegels van het zwembad sloeg.

'Sorry,' zei hij toen hij aan haar gezicht zag dat hij haar pijn had gedaan. 'Ik was duizelig, dat heb ik de laatste tijd wel vaker.'

'Het geeft niet,' zei ze, 'je mag het afzoenen.'

En toen hij zijn mond op de rode afdruk van zijn duim aan de voorkant van haar schouder drukte, fluisterde ze in zijn oor:

'Jammer dat je niet wat lager steun gezocht hebt.'

Bij het aankleden had hij weer een duizeling gekregen. Met zijn achterhoofd tegen de wand van het kleedhokje en zijn ogen dicht had hij zitten wachten tot dat draaierige lichte gevoel in zijn hoofd voorbij was. Hij hoorde de bijna gefluisterde opmerkingen van de jongens in de andere hokjes alsof ze van heel ver kwamen.

'Ron zwemt goed, had jij dat gedacht?'

'Hij is hartstikke vlug, man!'

'In het water heeft hij natuurlijk geen last van dat been van hem.'

'Marry zegt, dat hij ook zo goed kan paardrijden.'

Hij hoorde ze weggaan, Michel en Jos als eersten, pratend. Daarna iemand alleen. Dat moest Co zijn.

In de hal stonden ze te wachten, de drie jongens en Karin, Trudy en Annet, die meteen naast hem was komen staan.

'Gaat het nu weer?' vroeg ze en haar stem klonk werkelijk bezorgd.

Hij knikte.

'Het is niks bijzonders,' zei hij. 'De dokter zegt dat ik te hard groei. Daar komt het door.'

Marry kwam uit de gang van de dameskleedruimte en ging in het midden staan.

'Gaan we nog ergens heen?' vroeg ze. 'Iets drinken in de een of andere kroeg?'

Hij had het idee, dat ze hem speciaal aankeek, maar dan niet al te vriendelijk.

'Ik ga liever naar huis,' zei hij. 'Ik voel me niet helemaal zoals het zou moeten zijn.'

'Dan ga ik zover met je mee,' zei Annet en even later liepen ze samen door de stille stad.

Uit de verte had hij al gezien dat de eend van mevrouw Breukink voor de deur stond. Dat kon eigenlijk alleen maar betekenen dat Linda bij zijn vader en moeder zat.

Ze leek erg opgewekt, net als zijn vader en moeder trouwens en hij vroeg zich af of dit om kwart over tien hun eerste fles wijn was. Zijn moeder en Linda zaten druk met elkaar te praten, zijn vader leek er een beetje buiten te staan, hoewel hij van de een naar de ander zat te kijken. Een goede schoolmeester had Idema hem genoemd. Een man die de laatste jaren alleen maar voor zijn werk leefde, vond hij zelf. Een leraar die zich afvroeg of hij wel het goede beroep gekozen had en of hij het nog wel tot zijn pensioen vol kon houden. De laatste tijd liep hij steeds vaker te sakkeren op alles wat met de school te maken had, op de werkdruk, zoals hij dat noemde en vooral op de houding van de leerlingen, die alleen maar pleziertjes najoegen en over veel te veel geld beschikten.

Leerlingen die plezier najagen en te veel geld op zak hebben, dacht hij. Met één van hun pleziertjes had hij vanavond kennis gemaakt. Hij voelde nog de handen van Marry en Annet op zijn heupen, op zijn zwembroek en hij wist zeker dat het bij Trudy en Jos en Co en Karin niet anders was geweest.

'Ik mag niet te laat thuiskomen,' had Annet gezegd. 'Breng je me naar huis?'

Ze had zijn hand gepakt en zo waren ze door de buitenwijk van de stad gelopen.

Hij had beter met de brommer kunnen gaan, dacht hij, dan had hij een goeie smoes gehad om alleen naar huis te rijden. Maar hij had gehoopt, dat hij met Marry door de stad kon lopen.

Annet kneep even in zijn hand.
'Is het uit met Marry?' vroeg ze.
Hij had zijn schouders opgehaald.
'Je hoeft het niet te vertellen,' zei ze, 'maar als ik heel eerlijk ben moet ik je zeggen dat ik haar niet zo mag. Ze is er als laatste bijgekomen en ze wil altijd de baas spelen, iedereen moet maar doen wat zij leuk vindt. De jongens draaien om haar heen en vinden alles wat zij doet even prachtig. En ze denkt dat ze ons kan kopen, ze is altijd even royaal. Daar trappen die jongens ook in.'

Linda had zich opgemaakt. Was dat omdat hij die rimpeltjes bij haar ogen zo duidelijk getekend had? Het was niet meer dan een lichte make-up om haar ogen. Het stond haar goed. Ze had een jurk aan die van voren nogal laag was, ze droeg schoenen met hoge hakken.
'Wat zit je naar me te kijken?' vroeg ze plotseling aan hem. 'Probeer je te ontdekken of er sinds gisteren nieuwe rimpels bij gekomen zijn?' Ze ging in één ruk door tegen zijn moeder en vertelde dat hij haar zo onbarmhartig op haar leeftijd gewezen had, dat ze vanmorgen meteen de stad in gegaan was om te kijken of ze niet eens iets nieuws kon kopen. Maar het was allemaal zo duur, dat ze toch maar thuis in de kisten gezocht had die een paar dagen geleden pas per zeepost gearriveerd waren.
'Ik had daarginds drie uitgaansjurken, dit is de minst gewaagde, die kan ik hier toch ook wel dragen, of vinden jullie van niet?'
'Natuurlijk wel,' zei zijn moeder. 'Je lijkt er jonger in, weet je dat?'
Linda had over haar man verteld, die zo graag pronkte met zijn jonge blonde vrouw.
'We hebben het nooit breed gehad, maar kleren voor mij moesten er zijn. Misschien ben ik net zo, voor mij komen de kinderen op de eerste plaats, ik wil niet dat ze iets te kort

komen. Maar ik kan ze niet zoveel zakgeld geven als hun vrienden en vriendinnen krijgen.'

'Misschien is dat wel goed,' kwam zijn vader op een van zijn stokpaardjes terecht. 'Als ze niet te veel hebben, leren ze er ook zuinig mee omgaan. Op school hebben die kinderen dikwijls zoveel geld op zak, dat ik me wel eens afvraag hoe ze zich later moeten redden als ze zelf nog maar heel weinig verdienen.'

'Oma stopt ze wel eens wat toe,' zei Linda en toen stond ze op en zei dat ze naar huis ging. Ze vond het eigenlijk al erg dat ze zoveel van hun vrije zaterdagavond in beslag genomen had, maar ze moest er gewoon even uit, het was soms zo moeilijk om avond aan avond bij haar moeder te zitten, ze hoopte maar dat ze gauw een eigen flat kon huren. Misschien zag ze haar kinderen dan ook wat vaker.

'Maak je om ons geen zorgen,' zei zijn vader. 'Je weet dat je altijd welkom bent.'

'Dank je,' zei ze, 'ik hoop dat ik er geen misbruik van maak.'

Hij had er niet op gerekend dat ze eerst naar hem toe zou komen. Ze stond zo vlug voor hem, dat hij niet overeind kon komen en ze bukte zich om hem een zoen te geven. Hij kon ver tussen haar borsten kijken.

'Tot dinsdag, hè?' zei ze.

Dat had Annet ook gezegd. Hij had haar eerst duidelijk moeten maken dat hij op zondag nooit ergens naartoe ging, hij had die dag veel te hard nodig om uit te rusten van een dag paardrijden en zwemmen en om zijn huiswerk te maken.

'Dan zie ik je maandag op school,' zei ze.

'Nee, maandag moet ik naar het ziekenhuis, naar de dokter. Laten kijken of het verschil tussen mijn benen alweer groter geworden is.'

Ze kuste anders dan Marry. Ze sloeg haar armen niet om hem heen, maar legde ze onder zijn jack op zijn heupen. Ze hield haar hoofd ook niet stil, maar bewoog het in kleine rukjes heen en weer. Tot drie keer toe had hij gedacht dat het nu toch echt de laatste zoen moest zijn en toen hij zijn hand op haar borst legde en ze hem nog wilder kuste, vroeg hij zich af door wie Marry nu naar huis gebracht werd.

'Tot dinsdag dan, hè?' had ze gezegd en ze was in de verlichte deuropening van de flat blijven staan tot hij bij de hoek was.

12

'... een vervelende kwestie,' hoorde hij zijn moeder zeggen toen hij de kamer in kwam. Ze keken elkaar even aan met gezichten of ze wilden zeggen dat ze er verder maar liever over moesten zwijgen.

'Wat is een vervelende kwestie?' vroeg hij dus meteen. 'Hebben jullie weer een belastingaanslag gekregen waar je niet op gerekend had?'

Zijn moeder trapte erin.

'Nee,' zei ze, 'eigenlijk is het veel erger. Papa moet morgen op het politiebureau komen!'

'Hoho,' reageerde zijn vader voor zijn doen erg vlug, 'op die manier kun je van elke kleinigheid een drama van wereldformaat maken. Zo erg is het allemaal niet.'

'Wat is er aan de hand?' vroeg hij.

'Kom eerst maar aan tafel zitten,' zei zijn vader. 'Het is een heel verhaal.'

Onder het eten kreeg hij het helemaal te horen. In het weekend waren er inbrekers in de school geweest. Ze hadden geprobeerd de brandkast open te breken, maar dat was hun niet gelukt. Idema had gezegd dat dat tenminste een geluk bij een ongeluk was, want er zat op dat moment een bedrag van een paar tienduizend gulden in, dat hij de laatste weken nog had binnengekregen voor het boekenfonds. Maar die inbrekers hadden nog wel heel wat van hun gading gevonden, een computer, twee video-recorders, een video-camera en toch ook nog een flink bedrag aan geld, cheques en girobetaalkaarten. Dat geld had Idema in een la van zijn bureau bewaard. Vrijdagmiddag na het laatste lesuur waren leerlingen daar nog mee aan komen zetten en hij had het niet in de brandkast opgeborgen. Het telefoonpotje was verdwenen, de doos met kwartjes die leerlingen moesten betalen als ze wilden telefoneren en het kopieerpotje en de weekopbrengst van de kantine, alles bij elkaar naar schatting zo'n vierduizend gulden, vooral klein geld.

'Het ergste is,' zei zijn vader, 'dat de politie geen sporen van inbraak heeft kunnen vinden. Er stond wel een raam open in het lokaal van Fischer, maar de politie zegt dat ze daar niet naar binnen gekomen zijn. Onder dat raam heb je een groot rozenperk, dat weet je ook wel. Als ze daardoor naar binnen waren geklommen had er aarde op de vensterbank en in het lokaal moeten liggen. Er staan ook geen schoenafdrukken in de aarde. En het perk is te groot om er vanuit het raam overheen te springen.'

'Dus?' vroeg hij.

'Dus,' zei zijn vader, 'denkt de politie dat de daders met een sleutel binnengekomen zijn. Die daders moeten de school bovendien gekend hebben. Het geld van de kantine, het telefoonpotje, het kopieergeld, het geld van het boekenfonds, het zat allemaal in verschillende kasten of bureauladen. Ze hebben de sleutels van het sleutelbord gepakt en het geld meegenomen. Dat kunnen alleen mensen doen die er ruim de tijd voor hebben, of mensen die de weg weten.'

'En wat heb jij daar dan mee te maken?'

'Ik heb een sleutel van de zijdeur bij het parkeerterrein. Dat wil zeggen, ik zou hem moeten hebben, maar ik heb er geen idee van waar ik hem gelaten heb.'

'Heb jij een sleutel van de school?'

Zijn vader knikte.

'Toen ik hier begon, achttien, nee, dat is alweer negentien jaar geleden, was het nog maar een klein schooltje. Iedere leraar kreeg een sleutel van die zijdeur, want het gebeurde wel eens dat de conciërge aan de late kant was. Campagne was dat toen. Idema is hier pas sinds Campagne gepensioneerd is.'

'Wie hebben er nog meer een sleutel?'

'Ongeveer vijftien collega's, denk ik. Dat kleine groepje van het begin. Van Prooijen natuurlijk en Idema en die twee andere conciërges of manusjes-van-alles, Pronk en Buijs.

'De leraren die weggegaan zijn, hebben die hun sleutel weer ingeleverd?'

Zijn vader haalde zijn schouders op.

'Dat zal ik in ieder geval ook vragen als ik morgen op het politiebureau ben, maar ik neem aan dat ze bij de politie ook niet op hun achterhoofd gevallen zijn. Ze zullen zelf toch ook wel op die gedachte komen?'

Aan tafel hadden zijn vader en moeder zich voortdurend zitten afvragen waar die sleutel gebleven kon zijn.

'Heb je hem wel eens gebruikt?' vroeg hij.

'Ik geloof het niet,' zei zijn vader. 'Maar ik had hem die eerste tijd wel altijd bij me. Ik was een beginnende leraar, nog maar net klaar met mijn studie. Die sleutel was een soort teken van mijn waardigheid.'

'Waar bewaar je een sleutel?' zat hij hardop te denken. 'Los in je broekzak? Nee, dat zou jij nooit doen.'

Dat was zijn vader met hem eens.

'Aan je sleutelbos, maar daar heb je natuurlijk al naar gekeken.'

'Natuurlijk,' zei zijn moeder. 'Daar zijn we mee begonnen.'

'Bij je autosleuteltjes dan?'

'We hadden toen helemaal geen auto,' zei zijn vader, 'ik ging op . . . Natuurlijk, ik had die sleutel aan mijn fietssleuteltje zitten. Als we geluk hebben . . .'

Even later kwam hij terug, met een roestig fietssleuteltje en daaraan een nog veel zwaarder verroeste grotere sleutel.

'Ik neem aan dat het deze is,' zei hij. 'Maar dat hoor ik morgen op het bureau wel. En dan zal ik ook wel moeten vertellen wat ik dit weekend allemaal gedaan heb.'

'Vergeet niet dat je ook nog een zoon hebt die de school goed kent,' zei hij. 'Met die sleutel binnen handbereik zou ik het ook gedaan kunnen hebben!'

'Heeft de dokter werkelijk gezegd dat je weer nieuwe schoenen moet hebben?' vroeg zijn vader toen hij om acht uur naar beneden kwam om naar het journaal te kijken.

'Ja,' zei hij. 'Het bekende verhaal. Ik groei nog steeds en mijn botten zijn nog niet hard genoeg. Als mijn heupen ongelijk belast worden, kan ik daar vergroeiingen krijgen en dan zijn we nog verder van huis.'

Zijn vader keek zuinig.

13

'Toen ik zaterdagavond thuiskwam, was Marry er nog niet,' zei Linda. 'Jij was toch ook naar het zwembad geweest?'

'Ja,' zei hij zonder zijn ogen van het papier te halen.

'Ben jij dan eerder weggegaan?'

'We zijn allemaal tegelijk weggegaan, de hele groep, een man of acht. Maar zij wilden nog ergens iets gaan drinken en ik ben naar huis gegaan.'

'Wie zijn die anderen?'

'Mensen uit onze klas.'

Linda leek tevreden met het antwoord. Klasgenoten waren jongens en meisjes uit hetzelfde milieu, dan moest het wel in orde zijn.

Het kostte hem moeite zich op haar gezicht te concentreren. Die jurk van zaterdagavond. Die droom van de vroege zondagmorgen. Ze was een mooie vrouw, de vriendin van zijn moeder. De moeder van ... nou ja, van een meisje bij hem in de klas.

Moest hij vanavond naar het zwembad gaan? Annet had het hem gevraagd. Vlak bij de klapdeuren van de garderobe had ze in de hal op hem staan wachten. Ze gedroeg zich alsof ze voor eeuwig bij elkaar hoorden. Ze informeerde meteen wat de dokter gezegd had en toen hij vertelde dat hij weer een paar nieuwe schoenen moest hebben, zei ze:

'Gek, hè, ik weet best dat je ene been korter is, maar eigenlijk valt dat helemaal niet op.'

Ze legde haar hand even op zijn pols.

'Ik vind je wel heel lief, weet je dat?'

Hij had zijn schouders opgehaald en in de volle hal om zich heen gekeken. Marry was nergens te zien.

Als hij nu weer naar het zwembad ging, zou ze denken dat hij voor haar kwam. Eigenlijk zou hij die hele groep nog eens goed willen bekijken, al wist hij zelf niet goed waarom.

Wilde hij nog steeds bij Marry in de buurt zijn?

Wilde hij nauwkeurig zien wat de andere jongens met haar mochten doen?

Wilde hij zien of Trudy en Karin net zo gewillig waren?

Had Annet hem met haar opmerkingen aan het twijfelen gebracht en wilde hij nu zelf zien of ze de anderen naar haar pijpen liet dansen?

Of wilde hij alleen maar dicht bij een paar meisjes zijn? Bij Marry. En bij Annet, die de hele dag niet bij hem weg te slaan geweest was. Ze was verliefd.

Hij wist het niet. Maandenlang had hij naar Marry verlangd, een verlangen dat met iedere brief heviger geworden was, maar aan haar lichaam had hij niet zo vaak gedacht. Ze was een meisje om mee te praten, hij wilde de gesprekken in hun brieven zo graag ook in werkelijkheid voortzetten. In gedachten had hij lange gesprekken met haar gevoerd terwijl ze langs de IJssel liepen of ergens in Argentinië in een landschap dat hij zich niet precies kon voorstellen. Als hij nu aan haar dacht, zag hij haar in badpak of hij zag Annet, haar lichaam zoals ze met hoog opgetrokken benen naast hem tegen de verwarming zat of hij voelde hoe ze achter hem in het water lag en haar handen langs zijn heupen naar beneden liet glijden, haar vingertoppen zo ver mogelijk naar voren gestrekt.

De handen van Marry, de handen van Annet.

Maar sinds die verwarde droom maakte de gedachte aan Linda hem net zo onrustig. Hij begreep niets meer van zichzelf. Misschien was dat wel de belangrijkste reden waarom hij toch overwoog naar het zwembad te gaan. Om er achter te komen wat hij zelf nu eigenlijk wilde.

'Wie zijn dat uit jullie klas?' vroeg Linda.

'Michel,' zei hij, 'en Jos, Co, Annet, Karin, Trudy. Ze waren toen ook allemaal op Marry d'r verjaardag.'

Linda knikte vaag en hield haar hoofd toen met een geschrokken lachje weer stil.

'Ja, dan kan ik me er wel ongeveer een beeld van vormen.'

Na een poosje zei ze:

'Weet je, ik ben wel eens bang dat ze verkeerde vrienden krijgt. Maar misschien is dat alleen maar gezeur van een oud mens.'

'Als jij jezelf een oud mens noemt,' zei hij, 'geef ik je er gewoon een paar rimpels bij.'

Toen Annet onder het eten opbelde om nog eens te vragen of hij vanavond naar het zwembad kwam, had hij niet alleen haar maar ook zichzelf een antwoord gegeven.

'Nee,' zei hij, 'ik ga vanavond liever paardrijden. We hebben nu zo weinig huiswerk dat het eindelijk weer eens kan.'

'Jammer,' zei ze. 'Ik had me er juist zo op verheugd. Maar dan zie ik je morgen op school wel.'

Alleen in de kerstvakantie had hij gebruik gemaakt van het aanbod van Rob om ook doordeweeks te komen rijden. Verder had hij er geen tijd voor, hij moest alle zeilen bijzetten om op school een beetje redelijke resultaten te behalen. Als zijn vader van een collega hoorde dat het niet zo best ging zou hij alleen op zaterdag nog maar een uurtje mogen rijden om de rest van het weekend aan zijn huiswerk te besteden.

Hij snapte niet waar die anderen de tijd vandaan haalden

om avond aan avond te gaan zwemmen. Dat moesten ze zelf ook maar weten, in ieder geval ging hij vanavond rijden.

Uit de verte zag hij al dat hij de verkeerde avond gekozen had. Er stond een politiebus op het parkeerterreintje. Dat betekende natuurlijk dat de manege bezet was door vijf of zes agenten die hun rijvaardigheid op peil moesten houden om bij een optocht de stoet te paard te kunnen begeleiden. Op de paarden uit de manege!

Hij zette de brommer naast de deur en liep met de helm in zijn hand naar binnen. Hij kon in ieder geval een poosje kijken en misschien wat met Rob praten.

Hij liep de trap naar de kantine op en zag dat de manege leeg was. Dan waren ze de paarden zeker nog aan het opzadelen, dan zou Rob ook wel ergens beneden zijn.

De deur van het kantoortje stond open. Rob zat achter zijn bureau, twee agenten in uniform zaten tegenover hem. Eén van de twee had een notitieboekje in zijn hand en schreef.

'Hallo Ron,' zei Rob toen hij zijn hoofd naar binnen stak, 'heb je tijd vanavond? Dan kom je als geroepen. Mevrouw Pelkmans komt straks voor een les en ik kan het nu niet doen, er is hier een inbreker aan het werk geweest en ik moet deze heren verder helpen. Wil jij die les geven?'

Rob keek op zijn horloge en zei:

'Ze zal zo wel komen, haar les begint om half acht. Maak Waldo maar vast voor haar klaar.'

Rob had hem even met een verbaasde blik aangekeken, maar hij zei gelukkig niets. Natuurlijk vond hij het merkwaardig dat er nu ineens een ander meisje was dat zich gedroeg alsof ze altijd al bij hem gehoord had.

De les van mevrouw Pelkmans was nog maar net begonnen toen hij uit zijn ooghoeken gezien had dat er iemand de kantine in kwam, een stoel bij het raam trok en ging zitten kijken. Het was Annet. Hij had zijn hand even naar haar opgestoken en ze had teruggezwaaid. Toen hij na de les met mevrouw Pelkmans meegelopen was om haar te helpen met afzadelen, hoorde hij haar langzaam door de gang aankomen.

'Mag ik hier komen?' vroeg ze toen mevrouw Pelkmans vertrokken was.

'Ja,' zei hij, 'de baas hier is niet zo lastig. Als je de paarden maar niet aan het schrikken maakt.'

'Ik had geen zin om naar het zwembad te gaan,' zei ze. 'Ik vond het zaterdagavond zo fijn dat jij er was. En gisteravond miste ik je zo. Toen ik hoorde dat je ging rijden, dacht ik . . .'

Hij pakte een borstel en een kam en liep naar de box van Dagmar, de jonge merrie die hij aan het inrijden was.

'Je moet wel buiten de box blijven,' zei hij. 'Zeker bij dit paard. Ze is pas drie jaar en nogal schichtig. Als er iets onverwachts gebeurt wil ze wel eens uithalen.'

'Is het dan niet gevaarlijk als je erop gaat zitten?' vroeg ze.

'Wat is gevaarlijk! Natuurlijk kan een paard je eraf gooien en dan kun je wel eens iets breken. Maar zo vaak gebeurt dat nou ook weer niet. Gelukkig niet.'

Ze stond te kijken terwijl hij het paard poetste en opzadelde en ging eerbiedig opzij toen hij met de grote merrie aan de hand de gang in kwam.

'Mag ik blijven kijken als je rijdt of vind je dat vervelend?' vroeg ze.

'Nee, helemaal niet,' zei hij. 'Je mag ook wel meekomen in de bak. Ga maar ergens in het midden staan. Het is wel goed als een paard eraan went dat er vreemden in de buurt zijn.'

Dagmar schrok opzij, toen Rob de grote schuifdeur van de manege opendeed en binnenstapte.

'Dat loopt al lekker, Ron,' zei hij. 'Maar ik zou haar in het begin toch nog wat meer teugel geven. Zie je wel, nu gaat ze haar rug meteen meer gebruiken.' Hij liep naar Annet en gaf haar een hand en bleef nog een poosje staan kijken. 'Maak het niet te lang, Ron,' zei hij. 'Ik ga koffie zetten. Drinken jullie straks nog een kopje mee?'

'Wat was dat nou?' vroeg hij. 'Wanneer is er ingebroken? Ben je veel kwijt?'

'Breek me de bek niet los,' zei Rob, terwijl hij met een dienblad met drie koppen koffie van de bar naar het tafeltje liep waar Ron en Annet waren gaan zitten. 'Ik heb tot zes uur les gegeven, dus het zal ongeveer kwart over zes geweest zijn toen ik hier wegging om te eten. Marja had alles klaar, dus ik was hier om zeven uur alweer terug omdat mevrouw Pelkmans zou komen. De deur van het kantoortje stond open en ik wist zeker dat ik hem op slot gedaan had. Opengebroken, met een breekijzer of zoiets. Mijn bureau was ook opengebroken en het geldkistje is verdwenen.'

'Zat er veel in?'

Rob keek even naar Annet en zei toen:

'Ruim vijfduizend gulden. Morgen krijg ik drie ton hooi en een flinke vracht paardebrokken, daarom heb ik de laatste week niks naar de bank gebracht. Lesgeld, huur van de boxen, stalling, voer, allemaal geld dat soms met tientjes, soms met een paar honderd tegelijk binnenkomt. Het moet iemand zijn die hier de weg weet, want die kerel heeft alleen mijn bureau opengebroken en dan ook nog alleen aan die kant. De kasten heeft hij niet aangeraakt.'

'Wie weet er dan waar u uw geld bewaart?' vroeg Annet.

'Iedereen die hier wel eens iets te maken heeft,' zei Rob. 'Als de mensen na een les contant betalen, stop ik het meestal in mijn broekzak, als ik het zo kan wisselen tenminste. Anders moet ik dat even in het kantoor doen. Mensen die per maand betalen voor hun lessen of omdat ze hun paard hier in pension hebben, komen altijd naar het kantoortje. Dat geld stop ik altijd meteen in het geldkistje, ook al omdat ze die grotere bedragen bijna nooit gepast betalen. Dat kan iedereen zien.'

'Was het kistje wel op slot?' vroeg hij.

Rob knikte.

'Natuurlijk,' zei hij. 'Maar dat maakt niet veel uit. Die kerel was sterk genoeg om de deur en mijn bureau open te breken.

Dan heeft hij zo'n kistje ook gauw genoeg open.' Hij zat even voor zich uit te kijken en voegde eraan toe: 'Zeker als hij het meeneemt naar huis en er alle tijd voor heeft.'

'Heb je helemaal niets gehoord?' vroeg hij. 'Geen auto, geen brommer?'

'Niets,' zei Rob. 'Helemaal niets. We hebben in de keuken zitten eten, de gordijnen waren open. Ik zou elke beweging gezien hebben, zeker een auto of een brommer. Maar die kerel kon bij wijze van spreken ook precies zien hoeveel aardappelen ik op mijn bord schepte en dan op zijn vingers natellen dat ik nog wel even bezig was. Hij moet lopend geweest zijn, misschien had hij zijn auto of zijn fiets een eindje verder staan.'

'Weet je dat er op school ook ingebroken is?' vroeg Annet toen ze buiten bij zijn brommer stonden.

'Ja,' zei hij, 'ik heb het van mijn vader gehoord.' Hij stond met zijn valhelm in zijn beide handen. Als ze dat niet gevraagd had, had hij hem al op zijn hoofd gehad. Hij wilde naar huis. 'Hoe weet jij dat?'

'Ik moest vorige week de laatste termijn voor het boekenfonds betalen. Vanmorgen heeft de post een brief van de school gebracht. Of de ouders die met een cheque of een girobetaalkaart betaald hebben er vooral op willen letten of het bedrag ook werkelijk op de rekening van de school wordt bijgeschreven. En of ze het meteen willen melden als het op een onbekende rekening terechtkomt, want er zijn inbrekers aan het werk geweest en die hebben ook cheques en girobetaalkaarten meegenomen.'

Hij knikte. Wat moest hij daarop zeggen?

'Wou je achterop?' vroeg hij toen.

'Ik ben op de fiets. Als ik hard naast je blijf rijden, breng je me dan naar huis?'

'Ben je nooit bang dat je weer zo duizelig wordt als je op een paard zit? Of op je brommer?' vroeg ze.

'Nee, dat heb ik eigenlijk alleen maar als ik me buk of als ik opsta, een enkele keer als ik me te vlug omdraai,' zei hij.

Ze stonden bij de flat waar Annet woonde, een beetje opzij van het grote verlichte raam naast de deur. Hij had er even over gedacht om meteen door te rijden, maar zo onfatsoenlijk kon hij toch niet zijn. Ze was speciaal voor hem naar de manege gekomen. Daar hadden ze haast niet met elkaar kunnen praten. Dan kon hij nu toch niet zomaar gas geven en verdwijnen. Hij had zijn helm afgezet en stond ermee in zijn hand.

Als hij nu te lang bleef staan, werd het allemaal nog erger. Alleen nog wat praten en dan naar huis gaan. Geen gezoen, want dan kleefde ze morgen op school nog verliefder aan hem. Hij had er nu al heel wat zien kijken: Ron Slot heeft een ander!

'Ik heb zaterdagnacht van je gedroomd,' zei ze. 'Je was zo lief!'

Hij plukte haar hand uit zijn nek. Nu moest het afgelopen zijn.

'Annet,' zei hij. 'Luister eens. Ik heb spijt van zaterdag.'

Ze deed een stapje achteruit en hij merkte zelf dat hij haar pols vasthield.

'Hoe bedoel je?' vroeg ze.

'Alles wat er in het zwembad gebeurd is. Daar meende ik niets van. Ik werd alleen maar gek van die handen van jullie.'

'Jullie?'

'Ja, eerst Marry en toen jij.'

'Ik dacht dat jongens dat altijd lekker vonden,' zei ze. 'Marry zei ...'

'Dat is het hem nou juist,' zei hij. 'Misschien kan je iedere jongen op die manier wel gek krijgen, maar ... ik weet niet hoe ik het moet zeggen ... achteraf vond ik mezelf eigenlijk een viezerik.'

Ze kwam hetzelfde stapje weer naar voren en leunde met haar voorhoofd tegen zijn bovenarm. Ze praatte zacht:

'Ik ging altijd met Trudy naar het zwembad. We zwommen, we speelden wel eens met een bal, zaten soms heel lang tegen de verwarming te kletsen. Karin ging wel eens mee, maar dan was het anders, dan praatten we niet zo veel, dan probeerden we wie het hardst kon zwemmen of wie onder water het verst kon komen. De jongens waren er meestal ook wel, maar daar hadden wij niets mee te maken. Ze keken niet eens naar ons. Dat werd allemaal anders toen Marry erbij kwam. Ze deed altijd met ons mee, maar het was net of zij de jongens naar zich toe trok. Op de kant en in het water. En toen zei Marry dat we die jongens eens goed gek moesten maken en ze vertelde ook hoe we dat moesten doen.'

Ze zweeg en keek hem aan.

'Ik schrok me dood toen ik Jos zo gek maakte dat hij mij vastpakte, heel hard, het deed pijn. Ik wilde het eigenlijk nooit meer doen, maar als ik niet mee deed, hoorde ik er niet meer bij. Vanavond waren ze met z'n zessen, drie en drie, maar ik zal morgen wel te horen krijgen dat ik een spelbreker ben.'

'Vind je dat zelf ook?' vroeg hij.

Ze schudde haar hoofd.

'Nee, ik wilde bij jou zijn.'

'Waarom?'

'Mag ik heel eerlijk zijn?'

'Ja, natuurlijk.'

'Toen jij zaterdagavond hetzelfde deed, was het voor het eerst dat ik het echt fijn vond. Niet omdat ik mezelf opgejut had, maar omdat ik er al heel lang naar verlangd had. Naar jouw mond en naar jouw handen.'

Ze liep achteruit en ging tegen de muur staan.

'Ik ben naar de manege gegaan om jou te zien. Omdat ik hoop dat je het weer een keer doet. Ben je nu boos op me?'

14

De slaap wilde maar niet komen. Hij was moe van het paardrijden, maar er spookten allerlei gedachten door zijn hoofd, hij had zoveel te verwerken gekregen. De inbraak in het kantoortje van Rob. Annet die plotseling opdook in de manege. De dingen die ze hem verteld had.

Had hij zich door haar laten inpakken?

Hij had zijn helm op het zadel van zijn brommer gelegd, was naar haar toe gelopen en had zijn handen aan weerskanten van haar hoofd tegen de muur gezet. Voordat hij iets kon zeggen, had zij hem tegen zich aangetrokken en hem gekust. Niet zo hard, had Marry hem geleerd, met zachte lippen.

Marry, dacht hij, die alles van jongens wist, die wist hoe ze moest zoenen en die andere meisjes wel even leerde hoe je een stel jongens kon ophitsen. Een heel andere Marry dan het meisje dat uit Argentinië lieve brieven schreef.

Moest hij Annet geloven? Zoiets kon ze toch niet verzinnen? Ze was zo eerlijk geweest en eigenlijk ook zo klein. Koppig en verlegen tegelijk was ze, toen ze zei dat ze bij hem wilde zijn, dat ze hoopte dat hij haar weer zou kussen.

Had hij zich laten inpakken? Was ze werkelijk zo eerlijk over Marry? Of probeerde ze Marry zwarter te maken dan nodig was?

Waarom had hij haar gekust, telkens weer? Omdat ze gezegd had dat ze al zo lang naar hem verlangd had, omdat ze daarmee zijn ijdelheid gestreeld had? Of gaf hij werkelijk om haar?

Hij vroeg zich af of hij Annet vanavond gekust had zoals hij haar in het zwembad gekust en vastgepakt had. Om zich op Marry te wreken, op Marry het allemansvriendinnetje. Misschien was het zijn eigen schuld. Hij had een hele wereld van dromen opgebouwd rondom een papieren meisje dat hij toch nooit zou ontmoeten. Toen ze toch kwam, was ze anders dan in zijn dromen.

Heel lang hadden ze dicht tegen elkaar aan gestaan. Ze hadden vrijwel niets gezegd. Het was zo anders dan met Marry.

Marry kon niet stil staan, haar handen waren altijd onderweg geweest, rusteloos als vlinders die fladderend van de ene bloem naar de andere vlogen. Achter de voordeur in de donkere gang bij haar oma had ze hem een paar keer in vijf minuten zo opgewonden, dat hij daarna doodmoe naar huis gegaan was.

Annet had stil tegen hem aan gestaan en toen hij zijn hand onder haar trui schoof, had hij gevoeld dat ze verstrakte, alsof ze dat helemaal niet wilde. Maar zijn hand was zacht geweest, heel zacht, teder, al was dat eigenlijk een idioot woord en ze was ontdooid en had naar hem opgekeken.

'Wat doe je morgen?' vroeg ze toen ze elkaar loslieten omdat er een auto aan kwam rijden.

'Als we morgenmiddag klaar zijn, ga ik een camera kopen,' zei hij.

'Een fototoestel?'

Hij knikte.

'Ik heb er lang voor moeten sparen,' zei hij, 'maar nu heb ik het geld bij elkaar.'

Die tweehonderdvijftig gulden voor het paard van Idema waren de basis, de restjes van zijn zakgeld en een paar tientjes van zijn oma met zijn verjaardag hadden het bedrag aangevuld. Nu had hij genoeg voor een fatsoenlijke camera, de camera die hij al zo lang wilde hebben.

Hij wilde met zwart-wit foto's beginnen. Om zijn nieuwe camera te leren kennen, had hij tegen zijn moeder gezegd. Maar eigenlijk vond hij zwart-wit foto's het mooist. Het spel van licht op voorwerpen en landschappen. Op gezichten vooral, maar met portretfoto's wilde hij nog wachten. Dat was zijn ideaal sinds hij dat portret van opa getekend had: gezichten fotograferen zoals je ze kunt tekenen, niet alleen de buitenkant, niet alleen het gezicht dat iedereen kan zien, maar het gezicht waaraan je ziet dat er een mens achter zit, iemand die soms bang is, iemand die iets verwacht van zijn toekomst.

Zou hij nu nog een portret van Marry kunnen maken? Ze was mooi. Het zou het portret van een knap meisje worden, maar hij zou haar gezicht nooit zo sprekend krijgen als dat van haar moeder, aan wie je kon zien dat ze al heel wat meegemaakt had, een vrouw met de weemoedige ogen van iemand die hoopt dat er nog een toekomst voor haar is, maar die er niet zeker van durft te zijn dat die toekomst ooit werkelijkheid wordt.

Hij knipte het lampje boven zijn bed aan en stond op. Slapen kon hij voorlopig toch niet, er tolden te veel gedachten door zijn hoofd. Hij pakte zijn schetsboek en bladerde het door. Vluchtige schetsen van Marry, twee aanzetten voor een portret van Linda en dan de tekening waar hij nu twee middagen aan gewerkt had. Hij was er zelf tevreden over. Eigenlijk moest hij er niet te veel meer aan doen. Haar wenkbrauwen nog, misschien moest hij nog iets aan haar ogen veranderen als ze eens niet zo zorgelijk keek. En dan haar haren nog. Hij had vanmiddag gezegd dat ze waarschijnlijk nog maar twee keer hoefde te poseren. Als haar haar één van die keren nou maar zat zoals hij het hebben wilde: een beetje warrelig, alsof ze met pas gewassen haar in de wind gelopen had en het daarna alleen met de vingers van één hand uit haar gezicht gestreken had. Dat kon hij niet tegen haar zeggen. Dan werd het te onnatuurlijk.

Annet en zij hadden hetzelfde haar, blond, half lang, met hier en daar een vage slag. Misschien kon hij morgen een foto van Annet maken. Ergens langs de rivier in de wind, met slierten haar die voor haar gezicht woeien. Als de zon scheen.

Ze had gevraagd of ze met hem mee mocht als hij zijn camera ging kopen.

15

Idema had speciaal op hem staan wachten. In zijn keurige pak met overhemd en stropdas stond hij recht tegenover de klapdeuren van de garderobe, zijn duimen achter de riem van zijn broek gehaakt. Er was geen leerling die tegen hem opbotste, voor Idema hadden de meesten meer ontzag dan voor de rector.

Annet had bij de bromfietsenkelder op hem staan wachten zoals ze dat sinds vorige week woensdag elke dag gedaan had. Ze hoorde niet meer bij de anderen, ze hoorde bij hem. Toen hij zijn helm en zijn jack in het kastje opgeborgen had en met Annet de grote hal in liep, deed Idema een stapje in zijn richting en wenkte hem:

'Slot! Bij de rector komen. Nu meteen.'

Idema draaide zich om en liep weg voordat hij hem had kunnen vragen wat er aan de hand was.

'Gespijbeld heb je niet,' zei Annet. 'Dat weet ik zeker. En je hebt toch ook niks uitgehaald?'

Hij haalde zijn schouders op.

'Niet dat ik weet,' zei hij. 'We zullen wel zien.'

Met zijn tas over zijn schouder liep hij naar de rode deur van de rectorskamer.

Twee politieagenten, allebei in uniform, een man en een vrouw, naast elkaar op de lage bank in de kamer van de rector. Van Prooijen zat in één van de gemakkelijke stoelen tegenover hen.

'Kom binnen, Ron,' zei Van Prooijen alsof hij zich inspande om het gezellig te maken. 'Ga zitten,' wees hij op de lege stoel naast zich. 'Dit zijn de heer Grinwis en mevrouw Nieboer. Dat ze van de politie zijn hoef ik er niet zo uitdrukkelijk bij te zeggen.'

Van Prooijen keek Grinwis aan en vroeg:

'Mag ik zeggen waar het om gaat of wilt u dat beslist zelf doen?'

'Ga uw gang,' zei de politieman.

'Ron,' begon Van Prooijen, 'je weet dat er hier op school geld ontvreemd is. Via een inbraak en later die diefstal van portemonnees. Ik heb een hekel aan verklikkers, maar iemand beweert dat jij de dader moet zijn.'

Hij was ziedend. Klootzakken waren het, kuttekoppen, kletswijven die uit hun nek lulden. Maar ze hadden hem wel mooi klem gezet, wie het dan ook gedaan had.

Voor iemand van de politie moest het inderdaad heel mooi kloppen. Alle gebeurtenissen pasten zo prachtig in elkaar.

Er was in de school ingebroken, waarschijnlijk door iemand die de sleutel had. Zijn vader had een sleutel.

In de manege was geld gestolen door iemand die er de weg wist. Hij wist waar Rob zijn geld bewaarde.

Iemand had de portemonnees van de jongens uit zijn klas leeggehaald toen ze gymnastiek hadden. Hij deed nooit mee aan de gymnastiekles en diezelfde dag had hij een dure camera gekocht.

In feite was hij nu helemaal afhankelijk van mensen die konden getuigen waar hij telkens geweest was, het meest van Annet. Alleen die diefstal in de kleedkamer was nog een zwak punt.

Hij verdomde het om nu naar de les te gaan, zoals Van Prooijen hem gezegd had. Het tweede lesuur was net begonnen. Hij wilde nadenken. Hij liet zijn tas naast een van de pilaren van de hal vallen en ging op de grond zitten.

Toen er in het weekend in de school ingebroken was, had hij de hele zaterdag in de manege doorgebracht, daarvoor had hij getuigen: Rob, Wendy, Bart, Idema, Marry en nog zoveel anderen. Hij had thuis gegeten, was naar het zwembad gelopen en had zes mensen die konden bevestigen dat hij daar geweest was. Hij was met Annet teruggelopen en had thuis nog met zijn vader en moeder en Linda zitten praten.

Die zondag was hij de deur niet uit geweest, maar zijn vader en moeder waren 's avonds bij Lengkeek op visite geweest. Hij had televisie gekeken en was vroeg naar bed gegaan.

De inbraak in de manege leverde ook al problemen op. Hij was die dinsdagavond naar de manege gegaan, hoewel hij daar anders haast nooit op een doordeweekse avond kwam. Dat kon hij gedaan hebben om onschuldig te lijken. Een meisje dat Rob ook nooit eerder gezien had wist zelfs dat ze hem in de manege kon vinden. Hij hoopte maar dat zijn ouders nog wisten hoe laat hij die avond weggegaan was.

'Ik zal je vader hiervan op de hoogte moeten stellen,' had Van Prooijen gezegd. 'Dat zal ik in de pauze doen. Voor die tijd wil ik hem liever niet storen.'

'Jij hebt woensdag een duur fototoestel gekocht,' zei Grinwis toen plotseling. 'Hoe kwam je aan dat geld?'

'Gespaard,' zei hij.

'We hebben gehoord dat je vader altijd zegt dat de leerlingen op school te veel geld op zak hebben. Hoeveel zakgeld krijg jij?'

'Vijfentwintig gulden in de maand.'

'En daarvan koop je benzine voor je brommer?'

'En een beker koffie in de pauze.'

'Dan kun je er toch niet van sparen?'

'Daarom heeft het ook zo lang geduurd.'

'Je kunt met dubbeltjes en kwartjes toch geen camera van meer dan vierhonderd gulden bij elkaar sparen?'

'Driehonderdnegentig, ik kreeg korting omdat het opruimingstijd was. Anders had ik nog langer door moeten sparen.'

'Je bent niet eerlijk aan dat geld gekomen.'

Hij had zijn schouders opgehaald. Wat schoot hij nu op met een welles-nietesspelletje?

Toen was die Nieboer er ineens tussen gekomen. Tot die tijd had ze alleen maar zitten proberen haar rok over haar knieën te trekken, omdat Van Prooijen daar steeds naar zat te loeren.

'Hoe laat ben je woensdagmorgen van huis gegaan?'

'Half tien.'

'Terwijl je pas om tien over tien op school hoefde te zijn?'

'Ja.'

Het was even stil gebleven.

'Die tijd,' zei Grinwis, 'heb je dus gebruikt om de portemonnees van je klasgenoten te legen?'

'Nee.'

'Wat heb je dan gedaan?'

Hij had met Annet in de stille bromfietsenkelder gestaan,

maar daar hadden zij niks mee te maken. Hij zweeg.

'Is er iemand die kan bevestigen dat je om half tien van huis gegaan bent?'

'Nee. Mijn vader en moeder waren allebei om acht uur de deur al uitgegaan, naar hun werk.'

'Je kunt dus ook al vroeger weggegaan zijn?'

'Ik ben om half tien de deur uitgegaan.'

Toen had hij zich kwaad gemaakt. Hij had niets gedaan en ze behandelden hem alsof hij een misdadiger was, alleen maar omdat iemand beweerde dat hij het wel eens kon zijn.

'Ik heb niets met die inbraken te maken,' had hij gezegd. 'Ik ben niet in de kleedkamer geweest. Dat heb ik nou al drie keer gezegd, maar jullie geloven me niet. Bewijs dan maar eens dat ik het wel gedaan heb.'

'Dat zullen we zeker doen,' had Nieboer gezegd en ze keek er heel giftig bij.

Het was vorige week woensdag een hele toestand geweest. Na het ontbijt had hij wat door het lege huis gelopen en aan die middag gedacht. Hij ging een camera kopen. Hij had het biljet van tweehonderdvijftig gulden en de briefjes van vijfentwintig en tien in zijn portemonnee gestopt, vierhonderd gulden. Hij had zich rijk gevoeld, maar die middag zou hij nog rijker zijn.

Toen hij het thuis niet meer uit kon houden was hij naar school gegaan. Veel te vroeg, maar misschien was Annet er ook al.

Ze stond bij de deur van de bromfietsenkelder op hem te wachten.

'Ik kon niet langer thuis blijven,' zei ze. 'Ik heb de hele nacht aan je liggen denken.'

Met hun armen om elkaar heen hadden ze tussen de brommers gestaan en hij had in haar haren staan blazen.

'Als het zulk weer blijft,' zei hij, 'wil ik vanmiddag een foto van je maken. Ergens aan de rivier.'

Toen ze een brommer hoorden komen, waren ze de trap op

gelopen. Hij had zijn helm en zijn jack in zijn kastje geduwd en er toen toch zijn portemonnee ook maar in gelegd. Hij kon zijn tas niet altijd in de gaten houden en dat dikke ding in zijn broekzak was alleen maar lastig.

'Daar ligt mijn camera,' had hij gezegd en ze waren de school in gelopen en hadden samen met de andere meisjes van de klas voor het lokaal van Coenen staan wachten tot de bel ging.

De jongens waren laat. Coenen had al een paar keer met een ongemakkelijk gezicht op zijn horloge gekeken en zat ongeduldig met zijn vingers op zijn bureau te trommelen, toen ze met veel lawaai binnenstormden. Van Prooijen stapte bedaard achter hen aan en vroeg om stilte. Even later kwam ook Bos binnen, zoals altijd in trainingspak en op sportschoenen.

Van Prooijen ondervroeg, Bos antwoordde en de jongens riepen door elkaar tot Van Prooijen ze voor de zoveelste keer het zwijgen oplegde. Langzamerhand was het iedereen duidelijk geworden. Toen de jongens uit de gymles in het kleedlokaal kwamen om nog vlug even te douchen, had Jos ontdekt dat zijn portemonnee open op de bank onder zijn kleren lag. Leeg. De andere jongens hadden meteen in hun kleren aan de haken gezocht en geen portemonnees gevonden. Ze lagen leeg in de afvalemmer in de hoek. De achtentwintig jongens uit 5A en 5B misten gezamenlijk bijna vijfhonderd gulden. Michel was het zwaarst gedupeerd, hij beweerde dat hij zestig gulden op zak gehad had.

'En jij, Ron?' vroeg Van Prooijen.

'Hij komt nooit bij mij,' zei Bos.

'Ach nee,' zei Van Prooijen, 'je been, hè?'

Er was de hele dag over gepraat. Niemand had iets gezien of gehoord, maar iedereen wist zeker dat het een leerling van de school geweest moest zijn.

'Dat lijkt me helemaal niet zo zeker,' had hij tegen Annet gezegd toen ze in het centrum voor de etalage van de fotozaak stonden. 'Het kan ook iemand zijn die niet meer bij ons op school zit of er nooit op gezeten heeft. 's Avonds zijn er dikwijls verenigingen in het gymnastieklokaal. De deur van het kleedlokaal zit vlak naast de deuren van de garderobe. Als iemand langs die kant naar binnen glipt, hoeft niemand hem te zien. Kijk, die camera daar, die kleinbeeld in de hoek, die wil ik hebben.'

Ze waren naar binnen gegaan en hadden niet meer over de portemonnees gepraat. Hij had zich de camera laten demonstreren en besloten hem te kopen. Het eerste filmpje had hij er gratis bij gekregen. Zesendertig opnamen! Met een trots gevoel had hij al zijn geld op één tientje na op de toonbank gelegd. Eindelijk!

Ze waren naar de rivier gereden en hadden zijn brommer en de fiets van Annet tegen een bankje gezet. Het was alsof hij met nieuwe ogen om zich heen keek, alsof de wereld plotseling was opgebouwd uit rechthoeken die erom vroegen gefotografeerd te worden: het rivierlandschap met het witte hotel aan de overkant, de passagiersboot aan de kade, de vrachtboot met de auto op het dek op het midden van de rivier, een uithangbord aan één van de oude huizen. Maar hij moest zuinig zijn, zo'n filmpje was zo vol en ontwikkelen en afdrukken kostte ook weer geld.

'Draai je hoofd eens een heel klein beetje naar rechts,' zei hij tegen Annet. De zon stond laag aan de overkant van het water. Ja, zoals ze nu stond. Ze kneep haar ogen een heel klein beetje dicht, omdat zij last had van het licht dat hij zo goed kon gebruiken. De wind kwam uit het oosten en woei haar haren voor haar gezicht. Hij drukte af en transporteerde de film. Toen ze haar haar met haar rechter hand naar achteren streek, knipte hij nog eens.

Door de zoeker van zijn camera bleef hij naar haar kijken, zijn wijsvinger op het knopje, klaar om af te drukken. Ze kreeg een verre uitdrukking in haar ogen, alsof ze met haar gedachten ergens anders was. Of stond ze nu te poseren? Toen de camera klikte kwam ze in de werkelijkheid terug.

'Waar stond je aan te denken?' vroeg hij terwijl hij de paraattas dichtdeed.

Ze schudde haar hoofd.

'Dat zeg ik liever niet,' zei ze. 'Een andere keer misschien.'

Die andere keer was plotseling gekomen. Gistermiddag stond zijn moeder onderaan de trap te roepen:

'Ron, er is bezoek voor je.'

Toen hij beneden kwam, had Annet haar jack al aan de kapstok gehangen. Ze wikkelde haar sjaal van haar hals en stopte hem in de mouw van haar jack. Zijn moeder stond er met de lieve glimlach van de goede gastvrouw naar te kijken. Hij wist niet wat hij moest doen, maar toen Annet dat ene kleine stapje naar hem toe kwam en naar hem opkeek, gaf hij haar toch een zoen. Haar gezicht was koud en rood. De oostenwind had vorst gebracht, hij hoopte nog steeds op sneeuw.

'Gaan jullie maar gauw naar binnen,' zei zijn moeder, 'dan zal ik thee zetten.'

Hij duwde haar voor zich uit de kamer in, waar zijn vader met een stapel proefwerken aan de tafel zat. Annet liep naar hem toe en stelde zich voor, gemakkelijk en vanzelfsprekend, vond hij, zo zou hij dat nooit kunnen. Ze gingen op de bank zitten.

'Breng je me straks naar huis?' vroeg ze zacht. 'Ik moet je iets vertellen.'

Sinds dinsdag waren ze elke dag samen geweest. Voor schooltijd, na schooltijd, in de pauzes. Urenlang hadden ze 's middags door de stad gezworven en langs de rivier gelopen, op zoek naar motieven om te fotograferen, tot ze door en door koud geworden waren en voor de deur van haar flat afscheid namen.

Zaterdag was ze naar de manege gekomen. Ze kwam binnen toen hij nog maar net aan de les met Marry begonnen was. Rob stond nog bij de open schuifdeur en ze ging naast hem staan. Hij zag uit zijn ooghoeken dat ze stonden te praten en te lachen. Toen Rob de deur dichtgeschoven had, verscheen ze even later in de kantine, waar ze naast Idema voor het raam ging zitten. Voorzover hij kon zien zeiden ze het hele uur niets tegen elkaar. Zodra hij een eind aan de les had gemaakt, stonden ze allebei op. Annet was al bij de schuifdeur toen Idema nog niet eens in de gang was.

Ze gaf hem een zoen en zei hoi tegen Marry, die geen antwoord gaf.

Annet was de hele middag in de manege gebleven.

'Marry heeft me vanmorgen opgebeld,' zei ze toen ze buiten liepen. Ze had haar handen diep in de zakken van haar jack gestopt, ze liep langzaam. 'Daarom ben ik vanmiddag gekomen. Je vindt het toch niet erg? Ik moet het je nu vertellen.'

'Wat?'

Ze zweeg.

Hij legde zijn arm om haar schouders.

'Is het waar?' zei ze toen heftig. 'Heb jij met Marry ... Is het waar dat je met haar naar bed geweest bent?'

'Ja,' zei hij. 'En nee.'

Ze liep naar de trottoirtegels te kijken.

'Ik zal alles vertellen,' zei ze. 'Het begon woensdag al. Precies zoals ik voorspeld had. Waar ik de vorige avond gebleven was? Of ik ineens genoeg van de anderen had? Ja, ze had het zaterdagavond wel gezien, jij had geprobeerd om mij te versieren, maar daar moest ik mee oppassen want jij had gauw genoeg van een meisje. Na een paar weken liet je haar alweer vallen en dan had dat meisje spijt van alles wat ze je eerst toegestaan had ...'

'Ze draait ...'

'Nee, laat me eerst uitspreken. Er kwam iedere keer iets anders bij, elke dag iets nieuws. Jij wilde dat ze zich voor je uitkleedde, want je wilde haar naakt tekenen en nu jij wel gemerkt had dat ze niets meer van je wilde weten, had je haar moeder zo gek gekregen dat ze voor je poseerde. Ze was er wel nooit bij geweest, maar ze kon zich natuurlijk wel voorstellen wat er dan gebeurde. Gisteren heeft ze gelukkig niks tegen me gezegd en nu belde ze vanmorgen ineens op.'

'Zeg het maar,' zei hij.

'Ze zei dat ze me verder met rust zou laten. Ik moest het zelf maar weten. Ik mocht jou hebben, zei ze, in bed was je toch geen cent waard.'

'Je kunt Marry geloven of je kunt mij geloven,' besloot hij. 'En ik zou het heel erg vinden als je mij niet gelooft. Want ik wil je niet missen.'

'Weet je dat het voor het eerst is, dat je zoiets tegen me zegt?' vroeg ze.

Gisteravond had hij de brieven van Marry, haar foto's en de schetsen die hij van haar gemaakt had, verscheurd. Heel kleine snippertjes wit, lichtblauw en gekleurd papier, een hele berg die hij van zijn bureau in de prullenmand geveegd had. Als zijn moeder die snippers zag zou ze er het hare wel van denken.

'Wat een lief meisje is dat,' had ze gezegd toen hij verkleumd thuiskwam.

De bel ging. Einde van het tweede lesuur. Begin van het derde. Nog een heel uur voor de pauze. Als hij met Annet naar buiten ging zou hij misschien ongestoord met haar kunnen praten. In de pauze zou zijn vader het ook te horen krijgen.

De klas moest nu bij Lengkeek vandaan komen op weg naar Stolk. Ze moesten hier langs komen. Hij stond op en wachtte.

Wie zou tegen Van Prooijen gezegd hebben, dat hij de dief was?

16

Zijn potlood schoot over het papier. Haar haar zat precies zoals hij het zich gewenst had, pas gewassen, een beetje verwaaid, zo was ze de Linda die hij graag wilde afbeelden. Als het mee zat, kon hij zijn tekening vanmiddag afmaken. Misschien kon hij nog iets aan die ogen doen, maar dan moest hij met haar praten, anders zakte ze weg in haar gedachten en werden het weer ogen zonder uitdrukking.

Waar kon hij met haar over praten? Het was alsof er de laatste dagen alleen maar rampen gebeurden. Beschuldigd van diefstal en niet zo'n klein beetje ook. En Marry, die Annet de omgekeerde waarheid vertelde. Hoe had ze dat gezegd? Dan kun je wel nagaan wat er dan gebeurt. Of zoiets.

Hij keek naar Linda. Ze was net zo oud als zijn moeder, maar hij zag heus wel dat ze een boeiende vrouw was met een mooi lichaam. Ze deed de laatste tijd ook wat meer aan zichzelf, ze maakte zich een klein beetje op en haar kleding was vrouwelijker geworden, niet meer zo vormeloos als in de eerste weken dat ze hier was. Dat zag hij wel, maar dat betekende nog niet dat hij haar uit zou willen kleden. Marry had een overspannen fantasie of ze had bewust gelogen om Annet zo ver te krijgen dat ze niets meer met hem te maken wilde hebben.

Dan had ze toch verkeerd gegokt. Hij had Annet eerlijk verteld wat er wel en niet gebeurd was en ze had hem geloofd. Ze had hem ernstig aan staan kijken en gezegd dat hij haar wel mocht tekenen als hij dat graag wilde.

'Begin jij nou ook al?' had hij plagend gevraagd.

Maar ze was ernstig gebleven en zei dat ze het meende. Dit was toch iets anders? Ze hield toch van hem?

Door de gebeurtenissen van gistermorgen hadden ze er helemaal niet meer over gepraat, niet over Marry, en niet over tekenen.

'Heb je het gehoord?' vroeg hij. 'Heeft Marry verteld wat er gisteren op school gebeurd is?'

'Nee,' zei Linda. 'Iets spannends? Marry vertelt mij bijna nooit meer iets.'

'Ik moest gisteren bij de rector komen. Er waren twee mensen van de politie. Ze denken dat ik al die diefstallen gepleegd heb.'

'Welke diefstallen?' vroeg Linda.

'Weet je dan helemaal niets?'

'Ik heb je toch gezegd dat Marry mij niks vertelt.'

Hij vertelde haar van de inbraken in de school en de manege, van de lege portemonnees van de jongens uit zijn klas. De naam van Annet noemde hij niet.

Toch was zij het, die hem zo goed geholpen had.

Hij was gisteren meteen na schooltijd naar huis gegaan. Het had geen zin om de ontmoeting met zijn vader uit te stellen. Hij hoefde ook nergens bang voor te zijn.

'Vanmiddag niet,' had hij tegen Annet gezegd. 'Mijn vader is al een uur vrij. Die zit natuurlijk op me te wachten.'

Zijn vader wilde hem wel graag geloven, maar vond dat de feiten tegen hem waren.

'Je moet toch toegeven dat je het allemaal gedaan zou kunnen hebben,' zei zijn vader.

'Dat is nou precies de manier van denken van de politie,' zei hij. 'Maar als jullie geheugen nog een beetje werkt, kunnen jullie me helpen. Jullie en Annet. Dan zullen jullie zelf zien dat ik telkens maar zo kort alleen geweest ben, dat ik het met geen mogelijkheid heb kunnen doen.'

'Bel dat meisje op,' zei zijn vader. 'Zeg dat ik haar na het eten met de auto ophaal.'

'Dat kan ik toch ook wel doen! Lopend dan?'

'Nee, ik wil niet het idee hebben dat je haar eerst vertelt wat ze hier moet zeggen. En ik wil haar ouders even uitleggen wat er aan de hand is.'

Zo kende hij zijn vader niet. Meestal was hij met zijn gedachten bij heel andere zaken. Als je hem dan iets vroeg, reageerde hij traag, soms zelfs helemaal niet. Nu was hij zakelijk en beslist geweest, heel nauwkeurig. Dit moest de leraar Slot zijn.

Ze hadden aan de tafel gezeten, zijn vader en moeder naast elkaar, Annet en hij tegenover hen. Zijn vader had een blocnote voor zich liggen en schroefde de dop van zijn vulpen. *Zaterdag*, had hij links bovenaan de bladzijde geschreven.

'Hoe laat ben je die zaterdag naar de manege gegaan?' vroeg hij en vanaf dat tijdstip hadden ze alle plaatsen waar hij dat weekend geweest was opgetekend met de tijd waarop hij kwam en ging en met de namen van de mensen die dat zouden kunnen bevestigen.

'De zondagavond,' zei zijn vader, 'dat is natuurlijk een zwak punt. Je was alleen thuis. Dat neem ik tenminste aan?'

'Ja, natuurlijk,' zei hij.

'Wat heb je toen gedaan?'

'Televisie gekeken.'

'Weet je nog wat?'

'Een film. Op Duitsland.'

'Wat voor film?'

'Een moeilijke, "Paris, Texas", met een heel mooie fotografie. De landschappen en de gezichten van de mensen, ik wou dat ik het zo kon.'

'Ja,' zei zijn vader, 'daar hebben we het nu niet over. Hoe lang duurde die film?'

Hij haalde zijn schouders op.

'Toen hij afgelopen was ben ik naar boven gegaan. En toen hoorde ik jullie al gauw thuiskomen.'

'Wij waren iets voor elven thuis,' zei zijn moeder. 'We moesten de volgende dag weer vroeg op,' voegde ze er bijna verontschuldigend aan toe.

'Dat moet in de programmabladen opgezocht kunnen worden,' zei zijn vader. 'We kunnen straks kijken of we de gids nog tussen de oude kranten kunnen vinden. We gaan nu verder. Die dinsdagavond in de manege.'

Voorzichtig wreef hij met zijn vinger over haar ooglid. De afzonderlijke potloodstreepjes vervaagden en vloeiden in elkaar over tot de bijna onmerkbare oogschaduw die ze vandaag aangebracht had. Zo was het goed.

'Je staat erop,' zei hij. 'Ik ben klaar.'

Hij zette zijn schetsboek op zijn bureau, schuin tegen de muur en ging er op een afstand naar staan kijken. Linda kwam naast hem staan. Dit was absoluut de beste tekening die hij ooit gemaakt had. Hij vroeg zich af hoe zij er nu op zou reageren.

'Wat verschrikkelijk knap van je,' zei ze na een poosje. 'Maar ... maar heb je me niet jonger gemaakt dan ik ben? En ook romantischer?'

'Nee,' zei hij. 'Dit ben jij, al lijk je soms ouder. Als je een sombere bui hebt.'

Ze pakte zijn hoofd vast, trok het naar zich toe en gaf hem een zoen.

'Ik geloof dat ik je moeder al gehoord heb. Mag ik het haar nu laten zien?'

Hij knikte en pakte zijn schetsboek. Achter haar aan liep hij naar beneden. Zijn moeder zat in de kamer achter een stapel rekenschriften. Hij zette zijn schetsboek op de tafel tegen de muur, onder de tekening van de bok.

Nu was het moment van de grenzeloze bewondering voor de knappe zoon aangebroken, dacht hij. Nu zou zijn moeder opstaan, met veel woorden vertellen dat ze sprakeloos was en onderaan de trap gaan staan om zijn vader te roepen. Die behoorde tenslotte ook trots te zijn op zijn zoon.

Het was een complete minutenboekhouding geworden. In dat griezelig keurige handschrift van zijn vader, die er knikkend naar zat te kijken.

'Ja,' zei hij toen, 'ik wil je wel zeggen dat ik dit een hele opluchting vind. Toen ik het vanmorgen in de pauze te horen kreeg, dacht ik ook dat jij het wel gedaan móést hebben. Nu geloof ik je.'

'Gelukkig,' zei Annet met een zucht.
'Maar nu komt de volgende stap. Je zult hiermee naar de politie moeten gaan. Ik ben nu wel van je onschuld overtuigd, maar dat helpt je natuurlijk niet veel als ze je daar niet geloven.'
'Ga jij dan mee?' vroeg hij.
'Nee,' zei zijn vader. 'Het lijkt me beter als je dat morgenochtend meteen doet – en ik kan niet zomaar een paar lesuren laten schieten.'
'Ik ga wel met je mee,' zei Annet. 'Ik vind het zo gemeen dat iemand jou beschuldigt. Alleen maar omdat je een camera hebt gekocht op de dag dat er gestolen is.'
'Dat lijkt me nog niet zo'n verkeerd idee,' zei zijn vader. 'Gaan jullie samen. Ja. Ja. Ik zal Van Prooijen morgen voor schooltijd vertellen waarom jullie later komen.'

'Toch vind ik een getekend portret boeiender dan een foto, al is het nog zo'n goeie,' zei zijn vader terwijl hij voor de zoveelste keer van de tekening naar Linda keek. 'Bij een tekening ben je niet afhankelijk van dat ene korte moment. Ik vind dit een knap stukje werk, Ron. Je hebt jezelf overtroffen.'
Hij bleef nog even staan kijken en vroeg toen:
'Hoe ging het vanmorgen op het politiebureau? Je zei wel dat het in orde was, maar hoe ging het precies?'
Aan de politieman die in de hal achter een balie bij ingewikkelde telefoonapparatuur zat, hadden ze naar Grinwis gevraagd en toen die er niet bleek te zijn, naar mevrouw Nieboer. Ze waren naar een soort spreekkamertje gestuurd, waar Nieboer een paar minuten later binnenkwam.
'Dat ziet er goed voor je uit,' zei ze toen ze alles bestudeerd had. 'Als dit allemaal waar is, kun jij het inderdaad niet gedaan hebben, in geen van de drie gevallen.'
Ze pakte de papieren bij elkaar en stond op. Voor haar was het gesprek afgelopen.
'Wie heeft er eigenlijk gezegd dat ik het gedaan zou hebben?' vroeg hij.

'Dat zou je wel eens willen weten, hè?' zei ze met een kort lachje. 'Maar dat zul je van mij niet te horen krijgen.'

Hij mocht dat mens niet.

'Het moet iemand zijn die weet dat je die camera gekocht hebt,' had Annet gisteravond gezegd toen hij haar naar huis bracht. 'Wie heb je dat allemaal verteld?'

'Niemand,' zei hij. 'Alleen jou. En mijn vader en moeder natuurlijk. Maar iedereen kan ons in de stad gezien hebben, meteen dinsdagmiddag al.'

'Ik ben zo benieuwd naar de foto's die je toen gemaakt hebt,' zei ze. 'Je filmpje is nu toch bijna vol?'

'Ik ben net zo benieuwd als jij,' zei hij. 'Maar ik heb nog geen geld om ze te laten afdrukken. Alleen het ontwikkelen, dat kan ik wel betalen.'

Hij had zijn arm om haar schouders gelegd en plotseling gemerkt dat hij met zijn been trok. Als hij er niet aan dacht, liep hij mank. Maar hij kon toch niet altijd alleen maar aan zijn manier van lopen denken?

'Hoe kan ik hem het beste meenemen?' vroeg Linda. 'Ik wil hem thuis zo graag laten zien.'

'Je krijgt hem nog niet mee,' zei hij. 'Je bent volgende maand toch jarig?'

'De derde,' knikte ze.

'Dan krijg je hem van mij voor je verjaardag. Ik wil er toch ook nog een passe-partout omheen maken.'

'En dan krijg je er van ons een lijst bij,' zei zijn vader.

Hij wist zelf niet hoe hij die smoes zo gauw verzonnen had. Voor haar verjaardag! Hij had haar portret alleen nog een paar dagen hier willen houden om het aan Annet te laten zien. Omdat hij er trots op was of omdat hij haar wilde bewijzen dat Linda alleen maar voor een portrettekening geposeerd had, dat wist hij zelf niet.

Nu kon hij er niet omheen, nu moest hij er op 3 februari wel naartoe.

'Wat lief van jullie!' had Linda gezegd. 'Dan komen jullie dus alledrie?'

Misschien moest hij nu een hele avond met Marry in één kamer zitten. Na wat er vandaag gebeurd was.

Ze hadden het rustig aan gedaan toen ze van het politiebureau kwamen. Het tweede uur was nog maar net begonnen en ze hadden geen zin om halverwege de les binnen te komen. In de gang voor het lokaal van zijn vader hadden ze zitten wachten, om hem bij de leswisseling meteen te vertellen dat alles in orde was en toen waren ze met de grote stroom mee naar beneden gegaan. Achter de anderen aan liepen ze het lokaal van Vonk in. Marry zat al naast Karin op de plaats van Annet.

'Ga jij maar naast hem zitten,' zei ze. 'Hoe heet dat? Dief en diefjesmaat! Wij willen met jullie niks meer te maken hebben.'

Zo was het de rest van de dag gebleven. Annet zat naast hem. Een enkele leraar keek er even van op, maar haalde zijn schouders op en begon met de les. Niemand keek naar hen om. Toen ze in de kleine pauze met de anderen mee naar de kantine liepen en ook in de rij gingen staan, stapten hun klasgenoten er demonstratief uit en sloten weer achter aan.

In de grote pauze was hij op Hans en Jacques af gestapt en had gevraagd wat er eigenlijk aan de hand was.

'Hoor eens,' zei Hans, 'hou je niet van de domme. Wij hebben gisteren gezien dat je bij de baas moest komen, we wisten ook dat er politie was. We hebben het in de pauze al aan Idema gevraagd en die zei dat jij de dief moet zijn. Een heel stel mensen uit onze klas heeft er gisteravond al over zitten praten en vanmorgen hebben ze ons er ook bij gehaald. We willen niets meer met jullie te maken hebben. Stelen van je klasgenoten, dat is ongeveer het laagste wat je kunt bedenken!'

Deel III – *februari*

17

Leuke verjaardag! Hij zat van de één naar de ander te kijken, van Linda naar mevrouw Breukink naar Boy naar Victor naar Marry. Linda had gehuild, Marry keek stug voor zich uit, de jongens waren verlegen en mevrouw Breukink praatte. Zijn vader en moeder zaten er net zo ongemakkelijk bij als hij.

Linda had hen in de verlichte deuropening opgewacht, ze had de auto horen aankomen. Met de zware ingelijste tekening in zijn handen was hij achter zijn moeder en zijn vader aangelopen en hij had geduldig gewacht tot zij klaar waren met feliciteren.

Toen hij aan de beurt was, had hij geen hand vrij, hij kon zijn tekening toch niet buiten op de stoep zetten. Ze had haar handen om zijn hoofd gelegd en hem naar zich toe getrokken.

'... blij dat je er bent,' had ze in zijn oor gefluisterd. 'Jongen, ...'

In de kamer had hij haar het pakket gegeven.

'Alsjeblieft, je weet wat er in zit!'

Toen was hij achter zijn moeder en vader aan langs het hele rijtje geschuifeld. Handen geven. Gefeliciteerd met de verjaardag van uw dochter. Gefeliciteerd met de verjaardag van je moeder. Marry had zijn hand vastgehouden. Had ze geprobeerd hem ertoe over te halen haar toch een zoen te geven? Hij was recht overeind blijven staan. Als zij op school deed of hij lucht was, voelde hij er niets voor om hier de schone schijn op te houden.

'Ik vind dat je het papier er zelf af moet halen, Ron,' zei Linda. 'Het is jouw werk.'

Het was een mooi cadeau geworden, vond hij zelf. In het passe-partout en achter glas had de tekening meer diepte gekregen. De strakke witte lijst maakte het werk af.

Het gesprek wilde niet op gang komen. Mevrouw Breukink praatte wel, maar er was niemand die naar haar luisterde. Linda keek zo nu en dan nijdig naar Marry, die alleen maar aandacht had voor de ronddraaiende punt van haar schoen. Zijn vader was stil. Zijn moeder gaf een enkele keer iets wat op een antwoord op een opmerking van mevrouw Breukink moest lijken. Victor zat stil naast hem.

Koffie. Gebak. Nog eens koffie. Dit keer met een koekje. En toen vroeg Linda veel te vroeg of ze iets anders wilden drinken. Ze verzamelde de lege koffiekopjes op een dienblad en zei tegen Marry:

'Je kunt wel even helpen. Ik hoef toch niet alles alleen te doen?'

Marry stond op en zette het laatste kopje op het blad dat haar moeder haar voorhield. Ze verdwenen samen naar de keuken. Even later hoorde hij iemand met veel lawaai de trap op stormen en de deur van een kamer dichtslaan.

Het duurde even voordat Linda met een fles wijn en een kurketrekker binnenkwam, die ze zijn vader voorhield. Ze had tranen in haar ogen.

'Wil jij hem voor me openmaken?' vroeg ze.

Zijn vader pakte de fles aan en begon de kurketrekker in de kurk te draaien, Linda verdween weer om even later terug te komen met het dienblad, nu gevuld met rinkelende glazen, haar handen trilden.

'Vic,' zei ze, 'er staan twee flessen op het aanrecht, een sinas en een cola, wil jij die even voor me halen?'

De jongens gingen vroeg naar bed. Linda kon bijna niet wachten tot ze de deur uit waren.

'Een fijne verjaardag noemen ze dat!' zei ze en toen begon ze te huilen. 'Sorry,' zei ze gesmoord.

Zijn moeder stond op, liep tussen de zware meubels door naar haar toe en ging op de brede leuning van de fauteuil zitten.

'Kom, kom,' zei ze. 'Verdriet hebben we op z'n tijd allemaal. Daar hoef je je niet voor te excuseren.'

'Vanmiddag hebben we de politie aan de deur gehad,' zei mevrouw Breukink. 'Marry ...'

'Ik zal het wel vertellen, moeder,' zei Linda. Ze veegde haar tranen met haar hand weg en streek haar haren naar achteren.

'Ja, we kregen vanmiddag bezoek van de politie. Een man en een vrouw. In burger gelukkig. Marry is betrapt toen ze vanmiddag bij een drogist in het centrum een paar spullen in haar zakken gestopt had. Ze hebben haar in die winkel in de gaten gehouden tot ze zonder betalen weg wilde lopen. Toen hebben ze haar tegengehouden en de politie gebeld. Die hebben haar meegenomen naar het bureau.

Nu kwamen die twee vragen of ze in haar kamer rond mochten kijken. Ze hadden Marry op het politiebureau gelaten omdat ze anders misschien nog gestolen spullen weg had kunnen werken. Je hebt er geen idee van wat er allemaal te voorschijn kwam ...'

Ze hield haar handen voor haar gezicht. Hij kon zien dat ze huilde.

'Lippenstiften, potjes crème, doosjes oogschaduw, drie dure aanstekers, bussen haarlak, een hele doos vol snoepgoed, een bikini met het prijskaartje er nog aan. Allemaal dure spullen, terwijl ze haast geen zakgeld krijgt. Ze moet het allemaal gestolen hebben.'

Ze keek hem even aan.

'Weet je wat ik nou nog het ergste vind? Ze beweert dat ze vanmiddag in die winkel was, omdat ze geen cadeautje voor mij had en ook geen geld om iets te kopen! Er lag een hele stapel langspeelplaten in haar kast. Allemaal gekregen, zei ze, van vrienden. Ik geloof er niks van. En als het wel zo is zullen het wel mooie vrienden zijn. Ik heb ook een pakje condooms gevonden. Aangebroken.'

Hij had bijna niets gezegd vanavond. Hij kon zich er maar beter niet mee bemoeien. Linda was langzamerhand gekalmeerd en toen hadden ze in foto-albums uit Argentinië zitten kijken. Linda toen ze pas getrouwd was en Marry als baby, bloot op een schapevacht of zoiets, Marry als klein meisje achter het stuur van een terreinwagen op de knieën van haar vader, dezelfde Marry die nu condooms in haar kamer had.

Toen zijn vader en moeder het eindelijk tijd vonden om te vertrekken was hij zo ver weg geweest met zijn eigen gedachten, dat hij te vlug opstond en de hele kamer op zich af zag komen. Op de tast was hij weer gaan zitten.

'Wat is er?' hoorde hij Linda ver weg vragen.

'Wat zie je wit!' zei zijn moeder uit dezelfde verte.

De strepen en stippen voor zijn ogen waren langzaam weggetrokken.

'Ik was weer eens duizelig,' zei hij en hij voelde zich doodmoe.

'Dan zal ik toch eens aan de dokter vragen of je niet weer staalpillen moet hebben,' zei zijn moeder, en toen tegen Linda: 'Ja, hij groeit te hard, het lijkt wel of er nooit een eind aan komt.'

'Nog een paar weken,' zei zijn vader, 'dan hebben we krokusvakantie. Dan moet je maar eens proberen echt uit te rusten.'

En nu kon hij natuurlijk weer niet slapen. Dat had hij wel vaker na zo'n aanval van duizeligheid. Dan was het net of zijn hersens niet tot rust wilden komen, dan moest hij blijven denken.

Marry had gestolen.

Marry had condooms in haar kamer.

Marry had gestolen.

Marry had condooms. Met wie zou ze eigenlijk naar bed gaan? Met Michel waarschijnlijk, want die twee voerden tegenwoordig samen de klas aan.

Dief en diefjesmaat, dacht hij bitter.

Dat was zo ongeveer het laatste geweest wat ze tegen Annet en hem gezegd had, dief en diefjesmaat, en daarna waren ze door de klas genegeerd. In het begin hadden ze nog wel eens iemand aangesproken zonder erbij na te denken, maar ze hadden geen antwoord gekregen. Ze waren lucht, ze bestonden niet, behalve als er bij de leswisseling een paar achter hen door de gang liepen. Michel was de ergste, vooral als Jos erbij was. Dan werden er gesprekjes gevoerd die alleen maar voor hen bestemd waren.

'Ze lopen hand in hand, zie je dat?'

'Ja, ze moeten wel.'

'Waarom?'

'Ze hebben toch niemand anders aan wie ze zich vast kunnen klampen.'

En een andere keer:

'Ze lopen hand in hand, zie je dat?'

'Ja, ze moeten wel.'

'Hoezo?'

'Anders kunnen ze hun kleptomanie niet bedwingen.'

En weer een andere keer:

'Ze lopen hand in hand, zie je dat?'

'Ja, hij moet wel.'

'Hoe bedoel je?'

'Met zo'n poot heb je toch altijd een kruk nodig!'

Vanmorgen was het weer raak geweest:

'Eigenlijk is het zielig, hè?'

'Wat?'

'Dat been van hem.'

'Hoezo?'

'Nou, daar komt het natuurlijk door. Heb je dat nooit gelezen? Misdadigers blijken dikwijls de een of andere handicap te hebben die ze moeten compenseren. Als ze met geld om zich heen kunnen smijten, hebben ze vrienden. Nou ja, vrienden. Zou hij Annet eigenlijk ook betalen?'

Hij moest proberen te slapen, morgen was het zaterdag.

Dat waren nog de enige momenten dat hij met Marry sprak, dat wil zeggen dat hij haar aanwijzingen gaf, want ze zei maar heel weinig terug. Ze reed elke zaterdag. Van Rob had hij gehoord dat mevrouw Idema er doordeweeks weer op zat.

Marry reed goed. Ze volgde zijn aanwijzingen op en hij hoefde haar maar zelden te wijzen op iets waar hij haar eerder op attent gemaakt had. Idema zat dat hele uur als een blok beton op zijn stoel voor het raam en als de les afgelopen was kwam hij naar beneden en stond met een nors gezicht in het gangpad te wachten tot Marry het paard afgezadeld had. Dan vertrokken ze meteen.

Daarna kreeg hij pas de tijd om zich met Annet te bemoeien. Ze kwam meestal binnen als hij met Wendy en Bart bezig was. Die twee kinderen leverden hem tegenwoordig geld op. Toen hij vorige week binnenkwam had Rob hem even apart genomen.

'Luister eens,' zei hij, 'jij neemt op zaterdag twee lessen van mij over en dan rijd je daarna nog een paar paarden af. Daar help je me geweldig mee en ik strijk er de centen voor op. Dat vind ik niet eerlijk.'

Hij had zijn hand in zijn broekzak gestopt en er vijftig gulden uitgehaald.

'Dat is voor jou.'

Zijn protesten hadden niets uitgehaald.

'Kan ik zaterdags op je blijven rekenen?'

'Ja, natuurlijk.'

'Dan kan ik andere dingen doen. Ik kan je per week vijfentwintig gulden geven, is dat genoeg?'

Zondag had hij zijn eerste filmpje eindelijk vol geschoten. Maandag had hij het weggebracht en meteen een nieuw gekocht.

De foto's van Annet waren geworden wat hij zich ervan voorgesteld had. Van die ene wilde hij een vergroting laten maken. Met haar ogen een beetje dichtgeknepen keek ze tegen het licht in, met haar rechter hand probeerde ze haar haren naar achteren te duwen, die door de wind toch langs haar gezicht geblazen werden. Die foto wilde hij haar geven.

Ze kon goed met zijn moeder opschieten. Zijn moeder leek jonger sinds Annet vaak kwam. De laatste week van januari was het zo koud geweest, dat ze na schooltijd niet buiten konden blijven en hij had haar meegenomen naar huis en thee gezet. Toen zijn vader en moeder vlak na elkaar thuiskwamen, hadden ze haar begroet alsof ze het heel gewoon vonden haar in de kamer aan te treffen.

Zijn moeder had hele verhalen over de kinderen uit haar klas en Annet had meer geduld om daarnaar te luisteren dan hij. Het was hem opgevallen dat zijn vader ook langer beneden bleef als Annet er was.

Over het gedrag van hun klas hadden ze niet gepraat. Daar hadden ze thuis niks mee te maken.

Moest hij Annet vertellen wat hij vanavond allemaal gehoord had? Ze zou natuurlijk vragen hoe het geweest was.

Van de week had hij haar mee naar boven genomen om haar het portret van Linda te laten zien.

'Wat een knappe vrouw is dat,' had ze gezegd. 'Is dat Marry d'r moeder?'

Hij had geknikt.

'Ik ben jaloers,' zei ze. 'Met haar ben je dus zoveel uren alleen hier in je kamer geweest. En al die tijd heb je naar haar móeten kijken!'

Dicht tegen elkaar aan hadden ze op zijn bed gelegen.

Moest hij haar vertellen, dat Linda condooms gevonden had in de kamer van Marry?

Als hij die foto in huis had, zou hij hem op zijn bureau tegen de muur zetten, op de plek waar die tekening toen stond.

Rennen. Hij rent. Hij weet dat hij vlak achter hem is. Hij heeft hem zien aankomen. Een terreinwagen. Vierwielaandrijving. Dat moet wel, anders kan hij nooit grommend en gierend achter hem aankomen. Tegen het duin op. Hij heeft hem zien aankomen. De grote wielen, de brede banden. Het stalen net voor de koplampen. Marry achter het stuur. Ze heeft erg rode lippen. Haar ogen zijn zwaar opgemaakt. Van een afstand zijn het zwarte gaten in een bleek gezicht. Zijn voeten glijden weg in het losse zand. Hij komt bijna niet vooruit. Marry zit hem op de hielen. Achter Idema staat een blonde vrouw. Het is Annet. Ze zwaait, hij moet haar kant op. Idema zit zwaar op zijn stoel en steekt plotseling een been uit. Hij struikelt. Hij valt. Hij glijdt naar beneden.

18

'Ben je vanavond thuis?' vroeg zijn moeder toen hij nog maar net in de keuken stond.

'Dat is wel de bedoeling,' zei hij. 'Annet komt ook hierheen. Hoezo? Kan het niet?'

'Ja,' zei ze. 'Linda belde net op. Ze vroeg of ze mocht komen. Ze klonk erg gedeprimeerd.'

'Hoe lang duurt het nog voordat we eten?'

'Een uur zeker nog. Misschien nog wel langer. Waarom?'

'Ik ben erg moe. Dan ga ik nu douchen en daarna een poosje op bed liggen. Misschien moet je me wakker maken.'

Het was een zware dag geweest. Toen hij vanmorgen in de manege kwam, liep Rob met een pijnlijk gezicht rond.

'Mijn rug,' zei hij. 'Het is weer helemaal mis. En dat kan ik op het ogenblik nou juist niet gebruiken.'

Hij had Wendy en Bart les gegeven en Annet zien binnenkomen en verwacht dat Idema en Marry ook zouden opduiken, maar die waren niet gekomen.

'Heeft Idema afgebeld?' had hij Rob gevraagd, maar die wist ook van niets.

'Misschien komen ze nog,' zei Rob. 'Intussen kunnen wij rustig een kop koffie nemen. Ik heb een voorstel.'

Toen ze met z'n drieën in de kantine zaten, zei hij:

'Je weet dat ik hier in de manege volgende week zaterdag een selectiewedstrijd voor het provinciale kampioenschap heb?'

Hij knikte.

'Wie dat niet weet heeft iets aan z'n ogen,' zei Annet, terwijl ze naar de grote poster op de deur wees.

'Ik heb mezelf ook ingeschreven,' zei Rob, 'maar met zo'n rug kan ik dat natuurlijk wel uit mijn hoofd zetten. Het gaat mij niet om dat kampioenschap, ik heb als ruiter al genoeg gewonnen, een hele bekerkast vol. Ik heb ingeschreven met Boras, omdat het een paard is waar ik veel van verwacht. Misschien kan ik er een koper voor vinden als hij laat zien wat hij kan. Ik ben nou eenmaal fokker en handelaar, ik kan niet alle paarden aanhouden, al zijn ze nog zo goed. Jij kan goed met dat paard overweg. Als jij hem nou eens rijdt?'

'Ik?' zei hij.

'Ja, jij. Je rijdt op het moment beter dan ik. Ik weet zeker dat je een behoorlijk figuur slaat en als ik dat paard daardoor goed kan verkopen, schiet er voor jou ook wel weer iets over.'

'Goed,' zei hij, 'op voorwaarde dat jij me de proef voorleest.'

'Dat spreekt vanzelf,' zei Rob. 'Dan ga je vanmiddag een uur op Boras. Ik zal je les geven, weer eens even de puntjes op de i zetten en dan moet je maar kijken hoe vaak je in de loop van de week nog kan komen.'

'Kan dat alleen 's avonds?' vroeg Annet.

'Nee, wat mij betreft ook tegen het eind van de middag wel,' zei Rob.

'Dan kan ik wel een keer of drie,' had hij gezegd.

Rob was niet tevreden geweest over de les van vanmiddag. Hijzelf trouwens ook niet. Het was of hij geen contact met dat paard kon krijgen, alsof hij voortdurend de verkeerde hulpen gebruikte.

Pas toen hij het aan de teugel naar de stal terugleidde, zei Rob:

'Wacht eens, ik geloof dat ik het weet! Waarom heb je geen laarzen aan?'

'Ze zijn me te klein geworden,' zei hij, 'en ik durf thuis niet om een paar nieuwe te vragen. Ze zijn al zo duur en als er dan ook nog eens een extra dikke zool onder moet ...'

'Er hoeft helemaal geen extra zool onder,' zei Rob. 'Die aanstellerij moet je nou maar eens vergeten. Wat voor maat heb je?'

'Vierenveertig.'

'Hou jij dat paard eens vast,' zei hij tegen Annet en toen tegen hem: 'Kom mee.'

Het was een paar bijna nieuwe laarzen en toen hij daarop door de gang terug liep, liep hij mank. Als ze hem op school zo zagen, was het helemaal mis, dacht hij.

Rob had hem nog eens een kwartier op Boras laten rijden en hij voelde zelf dat het nu beter ging.

'Je kunt ze houden,' zei Rob. 'En kom dan van de week ook in je rijbroek. Voorlopig geen flauwekul met een spijkerbroek en sportschoenen met een dikke zool. Ik kan me indenken dat je die nodig hebt als je loopt, maar bij het paardrijden is het alleen maar ijdelheid.'

'Vind je dat werkelijk zo erg?' vroeg Annet toen ze weer alleen waren. 'Je stond erbij alsof iemand je betrapt had op iets heel onfatsoenlijks.'

Hij haalde zijn schouders op.

'Ik ben er vroeger nogal mee gepest,' zei hij. 'Achter m'n rug deden ze me na, zeker toen ik nog op gewone schoenen liep, en als we ruzie hadden scholden ze me uit voor mankepoot. Op de lagere school heb ik een hele tijd een bijnaam gehad. De Hobbel noemden ze me. Ik dacht dat ik er nu wel een beetje overheen was, al vind ik het altijd vervelend als iemand er de aandacht op vestigt, maar je hebt zelf ook gehoord hoe ze nu op school weer begonnen zijn. Die rotzakken weten precies wat je zwakke plekken zijn.'

Ze kwam vlak voor hem staan.

'Zal ik jou eens wat vertellen?' zei ze. 'Ik ben een hele tijd stiekem verliefd op je geweest. Je kan geloven dat ik in de put zat toen Marry verscheen en toen jullie het zo dik met elkaar eens waren. Al die tijd heb ik alleen maar een lange jongen gezien, een jongen die nogal stil was maar die ik erg lief vond. Natuurlijk wist ik al die tijd wel dat je soms mank loopt, als je moe bent, of als je er niet aan denkt. Dat weet ik al sinds we hier op school kwamen, in de brugklas. Ik ben toch verliefd op je geworden. Daarna heb ik pas gemerkt dat jij zoveel meer kan dan een heleboel anderen. Dat je verschrikkelijk knap kan tekenen, dat je dingen ziet zoals een ander ze niet ziet, ik vind je foto's prachtig. En dat je heel goed kan paardrijden.'

Ze ging een stapje achteruit. Ze had er een kleur van gekregen.

'Weet je,' ging ze verder, 'als je iets hebt, zoals jij met je been, en je probeert het te verbergen, dan komt het toch een keer uit en dan is het veel erger. Als je er eerlijk voor uitkomt en laat merken dat je het zelf heel gewoon vindt, vinden andere mensen het vanzelf ook gewoon.'

'Kom hier dan,' had hij gezegd. 'Met deze laarzen aan heb ik een kruk nodig, anders val ik om.'

Die twee leken echt op elkaar. Ze hadden moeder en dochter kunnen zijn. Even lang, hetzelfde blonde haar, dezelfde kleur lichtblauwe ogen. Linda was voller en ronder.

Krankzinnig eigenlijk dat hij Annet al die jaren niet eens gezien had. Als iemand hem gevraagd had of hij Annet van Velsen kende zou hij gezegd hebben: 'Annet van Velsen? O die! Ja, die zit bij mij in de klas.' Nu kon hij zijn ogen niet van haar afhouden.

Hij had haar opgehaald, lopend en hij had boven moeten komen om haar moeder te beloven dat hij nu ook eens daar kwam, morgenmiddag, en als ze het bij hem thuis goed vonden kon hij natuurlijk blijven eten.

Onderweg naar huis had hij gezegd dat Linda kwam en

toen had hij ook pas de gelegenheid gekregen om haar te vertellen dat Marry betrapt was toen ze bij een drogist aan het gappen was.

'Wat gemeen!' zei Annet. 'Ze scheldt jou uit voor dief en zelf...'

'Ik weet niet of Linda tegen mijn moeder gezegd heeft waarvoor ze komt, maar mijn moeder vroeg op zo'n heel speciaal toontje of ik vanavond thuis was. Dat doet ze anders nooit.'

'En daar heb je mij nooit iets van verteld!' riep Linda toen hij met Annet binnenkwam. Zijn moeder had natuurlijk al lang verteld dat hij elk ogenblik kon komen, dat hij zijn meisje ophaalde.

Zijn meisje! Het klonk lullig, maar zo was het wel.

Linda's opgewektheid zakte snel weg. Ze keek wat onzeker van de één naar de ander en zei toen:

'Sorry, dat ik me gisteravond zo heb laten gaan, maar de klap was zo groot dat ik niet kon doen of er niets aan de hand was. Mijn dochter in aanraking met de politie! Ik moest telkens denken aan wat Ron mij verteld heeft. Misschien was het nu ook wel een misverstand. Misschien hadden ze de verkeerde gepakt. Misschien was er toch een logische verklaring voor al die spullen in haar kamer. Maar ze hebben haar betrapt met gestolen goed in haar zakken.'

Ze zweeg. Zijn moeder stond op, pakte de thermoskan en schonk nog eens koffie in.

'Vanmorgen heb ik geprobeerd met haar te praten,' zei Linda. 'Ze is heel hard. Ze zit mij alleen maar vijandig aan te kijken, alsof ik de schuld van alles ben. In het begin zat ze alleen maar koppig te zwijgen, maar na een poosje begon ze toch te praten. Ze liegt, daar ben ik van overtuigd. Ze probeert zich eruit te redden door anderen de schuld te geven. Vooral Ron. Daarom heb ik gevraagd of jullie vanavond thuis waren en of Ron er ook was.'

'Laat maar eens horen,' zei zijn vader. 'We zijn de laatste tijd wel wat gewend.'

Linda keek even naar Annet, alsof ze zich afvroeg of ze alles wel kon vertellen waar dat meisje bij zat. Toen ging ze in haar stoel achterover zitten en ontspande een beetje.

'Ze beweert dat ze veel van die spullen van jou gekregen heeft. De grammofoonplaten bij voorbeeld. Je kwam telkens met een nieuwe plaat en omdat ze wel wist dat je maar weinig zakgeld krijgt, vond ze dat raar. Ze heeft toen tegen je gezegd dat je dat niet moest doen, want dat het veel te duur voor je werd en toen heb jij haar verteld dat je die platen voor haar ging stelen ...'

'Dat is niet waar,' zei hij. 'Het is gewoon te gek ... '

'Het wordt nog erger,' zei Linda. 'Marry krijgt zelf ook maar weinig zakgeld en daarom heb jij haar geleerd hoe je kleine dingen het handigst uit winkels kunt meenemen ...'

Iedereen zat naar hem te kijken.

'Ik kan alleen maar zeggen dat het niet waar is,' zei hij. 'We hebben nooit over zakgeld gepraat, ik heb nooit iets voor haar meegebracht, we hebben nooit over gappen gepraat.'

Annet legde haar hand op zijn arm, vlak boven zijn pols.

'Mag ik iets vervelends zeggen?' vroeg ze. Niemand gaf antwoord. Toen zei ze tegen Linda: 'U zegt dat Marry weinig zakgeld krijgt?'

Linda knikte.

'U weet dat Marry elke avond in het zwembad is?'

'Ja,' zei Linda. 'Ik wou dat ik haar dat abonnement nooit gegeven had.'

'Er is daar een soort clubje,' zei Annet, 'jongens en meisjes. Daar hoorde ik ook bij. Als we gezwommen hadden, gingen we meestal op de kant nog een poosje zitten kletsen. Marry kocht bijna elke avond voor iedereen een blikje drinken, cola of zo, een enkele keer ook bier. Een blikje kost daar twee gulden. Dat was elke avond tussen de tien en veertien gulden. En soms kocht ze er ook nog koeken bij.'

'Dan zou ze in twee avonden door haar zakgeld van een hele maand heen zijn,' zei Linda. 'Dat kan niet. Hoe komt ze aan dat geld?'

Ze kreeg tranen in haar ogen, haar oogleden trilden. Ze keek hulpeloos naar zijn vader en moeder.

'Wat moet ik doen?' vroeg ze. 'Ze heeft me vanmorgen gezegd dat ze maandag om negen uur op het politiebureau moet zijn, maar dat ze niet van plan is er naartoe te gaan. Ze heeft zich aangekleed en is weggegaan. Zonder een woord te zeggen. Vanmorgen om tien uur al. Ze is vanavond niet eens thuisgekomen om te eten...'

'Ze is vandaag ook niet op de les gekomen,' zei hij.

'Les?' vroeg Linda. 'Op zaterdag?'

'Ja, de rijles,' zei hij. 'We hebben op haar gewacht.'

Linda zat hem vragend aan te kijken.

'Weet u dan niet dat Marry op zaterdag van twaalf tot één paardrijles heeft?' vroeg Annet. 'In de manege?'

'Nee,' zei Linda na een poosje. 'Ik krijg steeds meer het gevoel dat ik helemaal niets weet. Over paardrijden heeft ze het nooit gehad. Rijdt Marry in de manege?'

Hij knikte. Waarom zou Marry daar thuis niets van gezegd hebben? Daar hoefde ze toch niet stiekem mee te doen? En waarom was ze vandaag niet gekomen?

'Ja,' zei Annet. 'Ron geeft haar les. Ze rijdt op het paard van meneer Idema, de conciërge van onze school. Ze heeft een heel mooie rijbroek en nieuwe laarzen en een cap.'

'Ik begrijp er steeds minder van,' zei Linda zacht. 'Rijles, nieuwe kleren, en daar heeft ze nooit een woord over gezegd.'

19

'Ja,' zei hij, 'dat is het geldkistje van Rob. In ieder geval had Rob net zo'n kistje. Dit zou het kunnen zijn.'

'Dan denk ik dat we de politie moeten waarschuwen,' zei zijn vader.

'Nu? Op zondagmiddag?'

'Ja, daar kunnen we niet vlug genoeg mee zijn. Iemand probeert de verdenking op jou te gooien. Waarschijnlijk dezelfde die het eerder geprobeerd heeft. Na alles wat ik gisteravond gehoord heb...'

Hij zweeg en keek Annet aan.

'Kunnen jullie me allebei beloven dat je er met niemand over praat? Met geen woord?'

Annet en hij knikten allebei.

'Jij ook, Emmy? Ook niet met Linda?'

'Ja,' zei zijn moeder, 'als jij denkt dat het moet.'

'Het zou mij niet verbazen,' zei zijn vader, 'als Marry hier iets mee te maken heeft. Doordat ze op die winkeldiefstal betrapt is, heeft de politie haar in het vizier gekregen. Ze moet morgenochtend op het bureau komen en weet dat ze daar aan de tand gevoeld zal worden. Laten we aannemen dat ze dat geldkistje uit de manege gestolen heeft – ik weet ook pas sinds gisteren dat ze daar vaste klant is – en dat de politie die diefstal ter sprake brengt, dan kan ze morgen zeggen dat ze een sterk vermoeden heeft dat dat kistje bij ons te vinden is. Daarom moeten we haar voor zijn en zelf melden dat we het gevonden hebben.'

'Oké,' zei hij en hij bukte zich om het kistje op te rapen.

'Afblijven,' zei zijn vader vlug. 'Laat het daar maar liggen.'

Hij was nog geen half uur bij Annet binnen geweest toen zijn vader opbelde met de mededeling dat hij onmiddellijk thuis moest komen. Annet was met hem mee gelopen. Bij de voordeur waren ze opgevangen door zijn vader, die hen door de keuken meteen meegenomen had naar de achtertuin. Zijn moeder was achter hen aangekomen.

Onder de struiken, vlak bij de heg die hun tuin van het pad scheidde, lag het geldkistje. Zijn vader had het gevonden toen hij de tuin in gelopen was om te kijken of de sneeuwklokjes en de krokussen al boven de grond stonden. Dat had hij vorige week zondag ook gedaan en toen was hem niets bijzonders opgevallen.

'Voordat de politie komt,' zei zijn vader toen ze in de kamer zaten, 'nog één vraag. Jij komt elke dag een paar keer door de tuin met je brommer, van de schuur naar het pad en terug. Kan dat kistje er al langer gelegen hebben?'

Hij haalde zijn schouders op.

'Ik weet niet hoe erg zoiets opvalt als je niet speciaal naar de grond onder de struiken loopt te kijken. Aan de andere kant ligt het nou ook weer niet zo ver van ons pad en het ligt gewoon op de aarde. Maar ik zou niet durven beweren dat het er gisteren nog niet lag.'

Nieboer zat er ontspannen bij. Ze droeg een spijkerbroek en een trui en het leek wel of ze met haar uniform ook haar politiegezicht thuisgelaten had.

'Bent u ook betrokken bij die winkeldiefstal van Marry Montez?' vroeg zijn vader. 'Dat meisje dat vrijdag cosmetica gestolen heeft?'

Nieboer keek naar haar nagels, die zwarte randjes hadden. Ze had het deksel met de punt van een balpen opgetild en geconstateerd dat het kistje opengebroken en leeg was. Toen had ze het voorzichtig opgepakt, met de toppen van haar vingers om de onderste rand en de toppen van haar duimen op de rand van het deksel. Ze had het achterin haar oude Renault 4 gezet. Ze zouden op het bureau onderzoeken of er bruikbare vingerafdrukken op voorkwamen.

'Ja,' zei ze. 'Waarom vraagt u dat?'

Zijn vader vertelde uitvoerig hoe de vork volgens hem in de steel zou kunnen zitten. Nieboer luisterde geduldig en maakte zo nu en dan een aantekening.

'Dat meisje kent de school,' zei ze toen. 'Dat meisje kent dus ook de manege. Hoe kent u dat meisje?'

'Haar moeder is een goede vriendin van ons. Gisteren en vrijdagavond heeft ze ons verteld wat er gebeurd is. Marry zit ook bij deze jonge mensen in de klas. Van hen weten we dat ze veel geld uitgeeft.'

Nieboer klapte haar kleine blocnote dicht en stopte het met haar balpen in haar schoudertas.

'Ik ben blij dat u me gewaarschuwd heeft dat het geldkistje bij u in de tuin lag,' zei ze terwijl ze opstond. 'Het is ook goed dat u verteld heeft wat u weet. Of vermoedt. We zullen er bij ons onderzoek rekening mee houden.'

Ze liep naar de kamerdeur. Zijn vader hield hem voor haar open. Voordat ze de gang in stapte, draaide ze zich om.

'Jullie zwijgen erover, hè?' zei ze tegen Annet en hem. 'Ik denk dat we de vermoedens van je vader als uitgangspunt kunnen gebruiken als we die jongedame morgen ondervragen. Maar dan mag ze er niet het minste idee van hebben welke kant we op willen. Is dat afgesproken?'

Hij knikte en zag dat Annet dat ook deed.

Het had nog genoeg moeite gekost om niet te veel te vertellen. De ouders van Annet wilden natuurlijk weten waarom hij naar huis terug had moeten komen. Gelukkig wisten ze alles van de inbraken, dat had zijn vader al uitgelegd toen hij Annet kwam halen, die avond toen ze alles op een rijtje gezet hadden. Nu hoefden ze alleen maar te vertellen dat het geldkistje bij hem in de tuin lag en dat ze dat aan de politie doorgegeven hadden.

'Een vreemde zaak,' zei de vader van Annet. 'Het lijkt wel of iemand jou een hak wil zetten.'

Hij had zijn schouders opgehaald en geen antwoord gegeven.

Aan tafel had hij zich opgelaten gevoeld. Het broertje en het zusje van Annet hadden openlijk nieuwsgierig naar hem zitten kijken, een paar keer hadden ze fluisterend iets tegen elkaar gezegd en dan zacht zitten grinniken. Hij kende die twee eigenlijk alleen van gezicht, sinds Annet ze op school aangewezen had. Toin zat in 3-havo, Moniek in de brugklas. Van een afstand had ze wel leuk geleken, van dichtbij was het een kreng, de grootste pestkop van de familie.

Annet en hij waren naast elkaar gezet en Moniek had hen eerst met bestudeerde aandacht op zitten nemen, tot ze haar servetje op de grond liet vallen en zich bukte om het op te rapen. Ze bleef opvallend lang scheef op haar stoel onder de tafel hangen. Ze kwam boven en zei tegen haar broer:

'Zie jij enige vorm van contact tussen die twee?'

Toin schudde zijn hoofd.

'Onder de tafel ook al niet,' zei ze. 'Ik dacht eigenlijk dat ze wel aan het voetjevrijen zouden zijn, maar nee hoor. En op school doen ze altijd zo kleverig, hand-in-hand-lopen en zo. Heb je ze wel eens in de bromfietsenkelder zien staan?'

'Zo is het wel genoeg,' zei haar moeder. 'Wacht maar tot jij een keer zo ver bent.'

Terwijl de rest van het gezin na het eten in de zithoek naar de televisie zat te kijken, had hij met Annet aan de eettafel gezeten, buiten het gezicht van de anderen. Ze hadden hun stoelen dicht tegen elkaar geschoven en hij legde zijn arm om haar schouders. Ze trok een beetje aan zijn hand en legde hem op haar borst.

'Dat vind ik zo fijn,' fluisterde ze in zijn oor. 'Soms verlang ik daar op school ook ineens heel erg naar. Zomaar midden onder de les.'

Hij gromde zacht en zocht haar mond.

'Weet je dat Linda in Marry d'r kamer ook een pakje condooms gevonden heeft?' zei hij na een poosje.

Ze trok haar hoofd even terug om hem aan te kijken, toen duwde ze het hard tegen zijn schouder.

'Met wie denk jij dat Marry het doet?' vroeg ze toen ze in de hal stonden. Hij had afscheid van haar ouders genomen en Annet was met hem naar de hal gelopen. Ze had naar hem staan kijken terwijl hij zijn jack aantrok en voordat hij het dicht ritste had ze met een vlugge beweging het licht uitgedaan en was voor hem komen staan. Ze legde haar armen om zijn middel, trok hem tegen zich aan en kuste hem, hard en lang. 'Ik hou van je,' fluisterde ze, terwijl ze haar buik tegen hem aanduwde. Toen had ze het gevraagd, fluisterend, een beetje schor:

'Met wie denk jij dat Marry het doet?'

'Met Michel misschien,' zei hij. 'Die twee zijn steeds bij elkaar in de buurt.'

'Ze gebruikt hem alleen maar,' zei ze. 'Zie je dat dan niet? Ze gebruikt hem. Ze laat hem als een hondje achter zich aanlopen. Ze commandeert hem en ze geniet ervan dat hij gehoorzaamt. Ze houdt helemaal niet van hem, dat zie ik aan haar ogen.'

Hij had zijn schouders opgehaald. Wat kon het hem schelen of die twee van elkaar hielden of niet. Hij trok Annet tegen zich aan. Hij was verliefd. En niet zo'n klein beetje ook.

'Ik zou het nooit kunnen als ik niet erg veel van die jongen hield,' zei ze zacht. 'Ik hou heel erg veel van jou, weet je dat?'

20

'Voel je nu zelf ook dat het veel beter gaat dan zaterdag?' zei Rob. 'Misschien moest je alleen maar weer aan Boras wennen, maar ik hou het erop dat je lekkerder zit als je een rijbroek aan hebt. Die harde naden van een spijkerbroek dwingen je anders te gaan zitten dan goed is.'

Hij knikte en concentreerde zich op zijn paard. Hij probeerde zijn handen zo stil mogelijk te houden, Boras was nu eenmaal erg gevoelig in zijn mond. Als hij te veel korte rukjes aan het bit gaf, werd hij ongewillig. Nu liep het paard mooi ingebogen, de lange neus loodrecht naar beneden, de oren attent naar voren. In draf en bij het stappen lukte dat prima, in de galop wilde hij zijn neus nog wel eens te ver naar voren steken, daar moest hij nog flink op oefenen.

'In de draf zou de achterhand er nog iets meer onder mogen komen, Ron,' zei Rob.

'Weet je dat jullie een soort geheimtaal spreken?' zei Annet.

'Ik bedoel dat het paard zijn achterbenen nog wat verder naar voren kan zetten, ruime passen moet hij nemen, niet dribbelen.'

'Ja maar, als een paard uit zichzelf zo loopt, dan kun je daar toch niet veel aan veranderen?'

'Dit paard kan het wel, maar dan moet de ruiter ervoor zorgen dat het er ook uit komt.'

'Hoe?'

'Als ik het heel simpel zeg is het: van achteren opjagen en tegelijk aan de voorkant tegenhouden. Gas geven en tegelijkertijd remmen. Ron heeft dit paard aan de voorkant perfect, kijk maar, de lijn van dat hoofd is prima. Dat kan hij alleen maar bereiken door de teugels strak te houden, hij hoeft er niet eens aan te trekken, maar het paard moet voelen dat er een baas op zit. Nou moet hij nog iets meer drijven, met zijn hakken en zijn kuiten. Ja zo, Ron! Daar heb je hem. Nu doordraven!'

Hij draaide het ene rondje na het andere, op de linker hand, op de rechter hand, hij maakte overgangen van de draf naar de stap en weer terug, hij galoppeerde, stond stil, draafde weer, tot Rob zei dat ze de proef een keer zouden doornemen.

'Van A naar X binnenkomen in arbeidsdraf. Op X halt houden en groeten,' commandeerde hij.

Precies in het midden van de manege stond hij stil en nam zijn cap af. Hij keek strak naar de plek recht tegenover zich, waar zaterdag de jury zou zitten. Als het dan net zo lekker liep als vandaag, hoefde hij zich niet te schamen.

'Voorwaarts in arbeidsstap, bij C op de rechter hand.'

'Een plaatje was het,' zei Rob, 'werkelijk keurig. Als je zaterdag zo rijdt, hoef ik er geen spijt van te hebben dat ik het jou gevraagd heb. En wat vond jij er nou van?' vroeg hij aan Annet.

'Mooi,' zei ze, 'heel mooi. Als je dat vergelijkt met Wendy en Bart. Of met Marry. Dat zijn eigenlijk de enigen die ik heb zien rijden. En Ron dan natuurlijk, op de jonge paarden, buiten, maar dat gaat veel wilder. Ik wist niet dat een ruiter zo stil in het zadel kon zitten.'

'Precies, jongedame,' zei Rob. 'Dat is het precies, zo op je paard zitten dat een ander niet kan zien hoe hard je eraan moet werken.'

Terwijl hij met de koffie naar het tafeltje balanceerde, vroeg hij:

'Wanneer kom je weer?'

'Morgen,' zei hij. 'Als dat jou ook uitkomt?'

'Morgen is het woensdag,' zei Rob peinzend. 'Dan heb ik 's middags nogal wat jonge kinderen op de pony's. Van vier tot vijf de laatste groep. En dan van vijf tot zes mevrouw Idema, maar die kan ik wel opbellen om te vragen of ze 's morgens komt. En anders komt ze maar niet, ze heeft zich gisteren en vandaag ook helemaal niet laten zien. Zonder afbellen, daar kan ik me goed kwaad om maken. Afspraak is afspraak. Kun jij om vijf uur?'

'Ja, ik zie niet in waarom niet.'

'Als je Boras dan opgezadeld hebt, kunnen we meteen beginnen. Wat denk je, kunnen we er dan een les van anderhalf uur, twee uur van maken?'

'Dan moet ik thuis wel zeggen dat ik laat ben met eten,' zei hij. 'Maar dat vinden ze wel goed.'

Hij keek Annet aan.

'Blijf jij dan ook zo lang?' vroeg hij.

'Ik denk het wel,' zei ze. 'Misschien kunnen we dan samen ons huiswerk maken? We hebben nogal veel voor donderdag.'

'Ik zal vragen of je mee kan eten,' zei hij.

Rob zat van Annet naar hem te kijken.

''t Is wel dik aan, hè?' zei hij pesterig. 'Daar hoef je niet van te kleuren,' zei hij toen tegen Annet. 'Ik zie jou liever dan die Marry, dat vind ik toch nog steeds een hooghartig kreng.'

Hij zat een poosje voor zich uit te kijken en zei toen:

'Ik heb gisteren de politie weer op bezoek gehad. Gistermiddag. Een vrouw, Elly Nieboer heet ze, een vlotte meid. Mijn geldkistje is gevonden, leeg natuurlijk, opengebroken. Ze had het bij zich. Of dat het mijne was. Het sleuteltje paste erop.'

Annet legde haar hand op de zijne.

'Weet je ook waar het gevonden is?' vroeg hij. 'Of heeft ze dat er niet bij verteld?'

'Nee,' zei Rob. 'Geen idee.'

'Bij ons achter in de tuin,' zei hij.

Rob haalde een pakje sigaretten uit zijn zak, klopte er één uit, zocht zijn aansteker en stak hem op.

'Vandaar!' zei hij.

'Wat bedoel je?'

Rob zat hem onderzoekend aan te kijken.

'Bij jullie in de tuin dus. Als je dat niet gezegd had, zou ik erover gezwegen hebben. Nu mag je het wat mij betreft wel weten. Die Elly Nieboer zat eerst te vissen welke leerlingen van de Scholengemeenschap IJsselland hier in de manege rijden. Dat zijn er een stuk of zes, voor zover ik weet. Ik heb jou natuurlijk ook genoemd en Marry en jou ook, Annet. Ik heb gezegd dat ik jou hier voor het eerst gezien heb op de avond van de inbraak. Ze zat alsmaar te knikken alsof ze dat al lang wist. Ik wist je achternaam niet, dus ik zei alleen maar Annet. Toen vulde zij het zelf aan. Annet van Velsen, klopt dat?'

Annet knikte.

'En toen wilde ze van alles en nog wat over jullie weten. Of jullie wisten waar ik mijn geldkistje had staan. Of jullie er ongemerkt bij zouden kunnen komen. Het ging vooral om Marry en jou, Ron. Of ik me zou kunnen indenken dat één van jullie het gestolen heeft.'

Rob schudde langzaam zijn hoofd, terwijl hij de rook van zijn sigaret omhoog blies.

'Eigenlijk kan ik het me van jullie geen van beiden voorstellen,' zei hij. 'Jij doet zoiets niet en Marry is er niet sterk genoeg voor. De hele boel was hier opengebroken. Daar heb je een sterke vent voor nodig.'

Die opmerking van Rob had hem de rest van de dag door zijn kop gespookt. Daar heb je een sterke vent voor nodig. Iemand met veel kracht. Iemand met veel gewicht, zodat een breekijzer gemakkelijker werkte. Iemand als Idema, had hij even gedacht en die gedachte was door blijven zeuren. De politie zocht naar een verband tussen de inbraak in de manege en de diefstallen op school. Ze hadden Rob gevraagd welke leerlingen van hun school in de manege kwamen. Had de politie eraan gedacht dat Idema de school heel goed kende en dat hij ook vaak genoeg in de manege kwam? Had Rob daaraan gedacht?

Idema had Rob betaald toen hij zijn paard kocht, en hij moest elke week of elke maand betalen omdat zijn paard bij Rob in pension was. Hij moest ook weten in welke la het geldkistje stond.

Die gedachte had hem steeds meer opgewonden. Idema zou het gedaan kunnen hebben. Moest hij de politie opbellen om dat te zeggen? Dan deed hij hetzelfde wat iemand anders hem geflikt had. Misschien maakte hij iemand verdacht die absoluut onschuldig was. Misschien zouden ze bij de politie wel denken dat degene die iemand anders verdacht maakt zelf ook niet brandschoon is. Hij had niets te verbergen, maar de politie hield hem nog steeds in de gaten, anders zou Nieboer bij Rob niet zo uitgebreid naar hem geïnformeerd hebben.

Met Annet had hij er niet over gepraat.

'Wat ben je stil?' vroeg ze, toen ze bij de voordeur van de flat stonden. 'Je moet het je niet zo aantrekken. Je weet zelf toch dat je het niet gedaan hebt?'

'Ik vraag me alleen maar af wie het dan wel gedaan heeft,' zei hij.

Eigenlijk was Annet net zo stil geweest als hij. Met haar armen om zijn heupen en haar hoofd onder zijn kin had ze tegen hem aan gestaan. Een paar keer had ze hem heel even aangekeken alsof ze iets wilde zeggen, maar telkens had ze haar hoofd vlug weer onder zijn kin geduwd. Haar haren kriebelden in zijn gezicht. Hij streek ze weg en liet zijn hand in haar nek liggen.

'Gisteravond...' begon ze aarzelend. 'Gisteravond heb ik heel fijn met mijn moeder gepraat. Mijn vader was naar de een of andere vergadering, Toin en Moniek zaten hun huiswerk te maken. Ik was in de kamer gaan zitten want met Moniek erbij kan ik me nooit concentreren, dat kind zit altijd te wiebelen of ze staat twintig keer op om een ander boek uit haar tas of uit de kast te pakken. Toen kwam mijn moeder ineens bij me aan tafel zitten. Ze zei eerst dat ze jou een aardige jongen vond en dat we zo duidelijk verliefd waren. Toen vroeg ze plotseling hoe ver we eigenlijk gingen. Ik schrok me dood, maar ik heb het haar toch eerlijk verteld. Zoenen en aanraken, heb ik gezegd. Meer niet. Of ik dacht dat het wel gauw tot meer zou kunnen komen, vroeg ze toen. Of ik er wel eens van droomde met je naar bed te gaan. Wil jij dat graag?'

'Ja,' zei hij, 'dat heb je toch ook wel gemerkt?'

Ze knikte en gaf hem een vlugge zoen.

'Volgens mij had ik een kop als vuur, maar ik heb toch eerlijk ja gezegd. Je bent zeventien, zei mijn moeder, in september word je achttien en dat lijkt me wat jong om al achter de kinderwagen te lopen. Denk je ook niet dat het verstandiger is om naar de dokter te gaan en te vragen of hij je de pil wil voorschrijven? We hebben er nog een hele tijd over zitten praten. Met mijn vader had ze het er al over gehad. Ze vinden het allebei verstandiger als ik het doe. Ik ga morgenochtend naar de dokter, dan heb ik toch het eerste en het tweede uur vrij.'

Ze leunde achterover om hem aan te kijken.

'En dan moeten we nog een poosje wachten. Nog zes weken, denk ik. Dan is het niet gevaarlijk meer.'

'Je had toch alleen moeten eten,' zei zijn moeder. 'Wij eten morgenavond bij Stolk. De Lengkeeks komen er ook. Het kan wel laat worden, maar papa verheugt zich er erg op. Op school is er nooit meer tijd om eens echt met collega's te praten, zegt hij.'

Zijn moeder zag er moe uit. Het was wel goed voor haar dat het bijna voorjaarsvakantie was. Eigenlijk zouden ze eens een paar dagen weg moeten gaan.

Ze waren de laatste maanden veranderd. Zijn vader trok zich minder terug en van ruzies had hij niets meer gemerkt. Hij had een keer gezien hoe zijn vader van Linda naar zijn moeder zat te kijken, alsof hij die twee met elkaar vergeleek. Twee knappe vrouwen, dacht hij. Toen zijn vader daarna opstond om nog een glas wijn in te schenken, legde hij zijn hand op de schouder van zijn moeder. Ze had haar hoofd scheef gehouden en haar wang even op die hand gedrukt.

Marry en Linda hadden hun leven veranderd, dacht hij. Hij had het gevoel dat hij in drie maanden een paar jaar ouder geworden was.

'Is het goed als Annet hier dan ook eet?' vroeg hij. 'Rob wil graag dat ik wat langer blijf rijden en Annet wil erbij zijn, maar we hebben voor donderdag nogal wat huiswerk.'

Zijn moeder keek hem zo lang aan, dat hij zich onrustig voelde worden.

'Ik moet er soms nog aan wennen dat je ineens zo volwassen geworden bent,' zei ze. 'Annet lijkt me een verstandig meisje. Doe alsjeblieft geen domme dingen waar je misschien een leven lang spijt van hebt. Beloof je me dat?'

'Maak je geen zorgen,' zei hij. 'We weten wat we doen.'

'Goed,' zei ze. 'Ik zal wel een ovenschotel klaarmaken en een briefje klaarleggen wat er verder mee moet gebeuren. Dan zoeken jullie het zelf maar uit.'

Morgen kon hij zijn vergroting ophalen. Dat wilde hij voor schooltijd doen, hij had toch de eerste uren vrij en Annet was dan bij de dokter. Hij zou hem haar nog niet laten zien. Als ze thuiskwamen uit de manege zou hij zijn tas naar boven brengen en de foto op zijn bureau zetten. Daar zou ze hem na het eten vinden.

21

'Ik hoor iets,' zei Annet terwijl ze haar hoofd luisterend optilde. 'Kan het de telefoon zijn?'

Hij duwde zich op zijn elleboog omhoog en luisterde. Het was de telefoon. Hij zwaaide zijn benen van zijn bed op de vloer van zijn kamer en holde op zijn sokken naar beneden.

'Ron Slot,' zei hij.

Het bleef even stil aan de andere kant, toen hoorde hij een snik.

'Met Linda,' zei ze. 'Is je moeder thuis? Of je vader?'

'Nee, ze zijn bij een collega van papa. Het kan wel laat worden.'

'O,' zei ze. En na een poosje: 'O, dat is jammer. Dan...'

Ze zweeg. Hij dacht dat hij haar hoorde huilen.

'Ron? Kun jij niet hierheen komen? Ik móet met iemand praten.'

Hij dacht aan Annet die boven op zijn bed lag. Hij dacht aan al het huiswerk voor morgen dat eigenlijk nog gedaan moest worden. Hij dacht ook even aan de stoel naast Karin, die nu al drie dagen leeg gebleven was.

Zijn tekening hing boven de bank, maar Linda leek op dit moment bepaald niet op haar portret. Ze had waterige ogen, haar neus was rood, haar haren hingen in slierten langs haar gezicht.

'Willen jullie koffie?' vroeg ze en ze verdween meteen naar de keuken.

Ze bleven alleen in de kamer met alle poezen. Marry had hij niet in de kamer verwacht, maar mevrouw Breukink en de jongens waren ook nergens te zien of te horen.

Hij keek naar Annet. Haar gezicht was rood van de koude wind. Toen hij zijn kamer weer binnenkwam om te zeggen dat hij Linda beloofd had dat ze zouden komen, was het net zo rood geweest en zelf gloeide hij toen ook nog steeds. Het was vreemd geweest om samen aan tafel te zitten en eigenlijk had hij het nog gekker gevonden om samen af te wassen. Toen hij de laatste spullen in de keukenkast had gezet, had hij haar meegenomen naar zijn kamer.

'Ik heb iets voor je,' zei hij en voor haar uit was hij de trap op gelopen. Ze had de foto meteen zien staan.

'Soms snap ik niet wat je in mij ziet,' zei ze. 'Maar als ik mezelf zo zie, begrijp ik het wel.'

Hij was achter haar gaan staan en had zijn handen op haar heupen gelegd.

'Eigenlijk zou jij die foto moeten houden,' zei ze. 'Ik wil ook graag een foto van jou hebben.'

Met zijn kin op haar haar schudde hij zijn hoofd.

'Nee,' zei hij, 'ik wil dat je hem meeneemt. Ik hoef niet naar je foto te kijken om aan je te denken. En ik denk toch al zoveel aan je dat het niet goed is voor mijn huiswerk.'

'Wat denk je dan?'

'Net zoiets als wat jij denkt.'

'Pestkop!'

Hij had haar zachtjes voor zich uit naar zijn bed geduwd waar ze met hun armen om elkaar heen hadden gelegen tot Linda belde.

'Toen ik zaterdagavond thuiskwam, bij jullie vandaan, ging Marry net naar binnen,' zei Linda. 'Ik denk dat ze voor de deur heeft gestaan met een jongen en dat ze naar binnen ging toen ze de eend de hoek om hoorde komen. Die jongen pakte zijn fiets en reed weg. Ik heb hem niet zo goed kunnen zien, maar hij was vrij klein, iets groter dan Marry denk ik, een smal gezicht, nogal lang haar.'

'Michel,' zeiden ze allebei tegelijk.

'Ik ben naar haar kamer gegaan,' zei Linda, 'ik wilde met haar praten, maar ze liet zich op haar bed vallen en draaide haar rug naar mij toe. Toen heb ik gevraagd waar ze haar rijlaarzen en rijbroek eigenlijk verstopt had. Ze zei dat we natuurlijk weer over haar hadden zitten kletsen en dat het mij niets aanging waar ze haar spullen bewaarde.'

Ze haalde een hand door haar haar.

'Ik ben zo kwaad geworden! Sinds wanneer mag een moeder

niet over haar dochter praten, zeker als ze zich zorgen om die dochter maakt? Rijlaarzen en een rijbroek en een cap kosten veel geld. Dat had ze van mij niet gekregen, dus moest ze er op een andere manier aan gekomen zijn, net als aan het geld dat ze 's avonds in het zwembad uitgaf. Als ze me niet vertelde hoe ze aan die rijkleding kwam, zou ik het aan de politie doorgeven, misschien konden ze het daar van haar te weten komen. Toen veranderde ze. Ze ging op haar bed zitten en vertelde me dat ze die rijkleren van meneer Idema gekregen heeft of eigenlijk mag ze ze alleen maar van hem gebruiken. Hij heeft ze voor haar gekocht omdat hij het zo zonde vindt van het paard dat hij gekocht heeft, dat het niet goed bereden wordt. Klopt dat?'

'Wat?'

'Dat die man z'n vrouw niet kan rijden?'

'Ze brengt er niet veel van terecht. Dat is waar.'

'Ik heb die man zondagochtend opgebeld. Zaterdagavond was het daar al te laat voor. Hij vertelde hetzelfde verhaal. Marry had in een tussenuur een keer met hem zitten praten en gezegd dat hij zo'n mooi paard had. Toen had hij verteld dat zijn vrouw al zo lang een paard had willen hebben, maar dat ze eigenlijk niet zo best reed. Van het één was het ander gekomen. Marry had gezegd dat ze graag wilde leren paardrijden, maar dat ze in de manege nooit op één van de paarden mocht en hij vond haar een grappig kind en misschien was het wel goed voor zijn paard als er eens iemand anders op reed en toen had hij haar meegenomen naar de ruitershop om laarzen en zo te kopen. Ze zijn van hem, hij hoopt dat een van zijn kinderen toch nog wil leren paardrijden en er dan wel in groeit. Marry verkleedt zich voor en na het rijden bij hem thuis.'

'Is ze nu ziek?' vroeg Annet.

'Nee,' zei Linda. 'Omdat ze niet op school komt, bedoel je?'

'Ja,' zei Annet, 'ze is de hele week nog niet geweest.'

'Ze moest maandagochtend op het politiebureau komen,'

zei Linda traag. 'Dat was afgesproken. Maar er werd om half acht al opgebeld dat ze thuis moest wachten. Ze kwamen haar ophalen. Dat hebben ze gisteren ook gedaan. En vanmorgen weer. Ze vertelt mij niets. Ik moet er de hele tijd aan denken. Ik ben zo bang dat er meer aan de hand is dan alleen die winkeldiefstallen.'

Ze zat hem aan te kijken alsof ze verwachtte dat hij iets opwekkends kon zeggen, maar hij kon alleen maar denken dat er iets moest zijn tussen Marry en Idema. 'Daar heb je een sterke vent voor nodig,' had Rob gezegd. Idema was een sterke vent. Idema had rijlaarzen en een rijbroek voor Marry gekocht. Alleen maar omdat hij haar 'een grappig kind' vond en omdat zijn paard goed bereden moest worden? Door een beginneling zeker!

22

Bij de ingang van de bromfietsenkelder stonden ze samen te wachten, Annet en Nieboer. Hij stak zijn hand op en reed naar binnen, stalde zijn brommer, trok zijn handschoenen uit en gespte zijn helm los. Toen stonden ze al achter hem. Annet gaf hem een zoen en bleef naast hem staan met haar hand in de zijne.

'Ik zou het prettig vinden als jullie allebei met mij mee naar het bureau konden gaan,' zei Nieboer.

Hij keek haar aan, haar gezicht was vriendelijk.

'Dat klinkt niet als een bevel,' zei hij.

'Dat is het ook niet, het is een verzoek. We hopen eigenlijk dat jullie ons kunnen helpen. Zou je dat willen doen?'

Hij dacht aan het huiswerk waar gisteravond niets van terechtgekomen was.

'Oké,' zei hij. 'Ik ga mee. En jij, Annet?'

Ze knikte en kneep even in zijn hand.

Hij stak zijn linkerhand met de helm en de zware leren handschoenen even vooruit en zei:

'Dit wil ik wel even in mijn kastje stoppen. Moet ik me meteen afmelden bij de conciërge?'

'Nee,' zei ze vlug. 'Als we op het bureau zijn, bel ik de rector wel op.'

'Willen jullie koffie?' vroeg ze. 'Met suiker en melk? We hebben hier zo'n automaat waar alles tegelijk uitkomt. Als je tenminste de goede knop indrukt en als hij niet kapot is.'

Ze gedroeg zich als een gastvrouw. Dat had ze onderweg in haar auto ook al gedaan. Ze vertelde dat ze nog geprobeerd had hem thuis te bereiken, maar ze had zijn moeder aan de lijn gekregen. Hij was al onderweg. Eigenlijk kwam dat haar achteraf wel goed uit. Zijn moeder had gezegd dat hij op de brommer was, dus ze was naar de bromfietsenkelder gelopen en daar had Annet al staan wachten.

'Als ik je daar niet gezien had, zou ik er niet aan gedacht hebben jou ook mee te vragen.'

'Maar, mevrouw Nieboer...' had hij gezegd.

'Als je me zo aanspreekt, voel ik me stokoud,' zei ze. 'Ik heet Elly.'

'Maar wat is er nou aan de hand?'

'Straks. Op het bureau. Alles op z'n tijd. Ik ben al blij dat ik jullie ongemerkt mee heb kunnen krijgen. Daarom ben ik met mijn eigen auto gekomen.'

Ze kwam binnen met drie witte plastic bekertjes in donkerbruine houders, die ze op een ringband voor zich uit hield.

'Je ziet het,' zei ze, 'bij de politie leer je je wel behelpen. Even die map bij mijn collega terugbrengen.'

Ze was meteen terug.

'Hebben jullie die dingen intussen herkend?' vroeg ze.

Hij keek naar de koffiebekertjes op het bureau.

'Ik heb ze wel eens eerder gezien,' zei hij. 'Is daar dan iets bijzonders mee?'

'Ik bedoel iets heel anders' grinnikte ze, terwijl ze naar de vensterbank naast haar bureau liep. 'Kijk, dit en dit en dit.'

Ze zette een houten sigarenkistje op het bureau. Op de bovenkant zat een ovaal stuk donkerrood fluweel. Daarnaast kwam een hoog ovalen blik te staan, Willem II stond er op. Het derde voorwerp was een grote ronde koektrommel, Danish Butter Cookies.

'Hadden jullie die niet zien staan?' vroeg ze.

'Nee,' zei Annet.

'Ja,' zei hij, 'dat wel, maar wat is er dan mee?'

Ze pakte het sigarenkistje in haar hand en zei:

'Dit was het telefoonpotje van de Scholengemeenschap IJsselland.'

Het sigarenblik was het kopieerpotje, de koektrommel was de kas van de kantine.

'De rector van jullie school heeft ze herkend, de conciërge ook.'

'Waarom moesten wij hier dan komen?' vroeg hij. 'Verdenken jullie mij er nog steeds van dat ik . . .'

'Maak je geen zorgen, Ron,' zei Elly Nieboer terwijl ze om het bureau heen liep en op de draaistoel ging zitten. 'Ik ben ervan overtuigd dat je het niet gedaan hebt, dat je het niet eens gedaan kan hebben. Maar we hebben je nodig. Misschien kun je ons helpen. Daarvoor moet ik je eerst het verhaal van dit kistje en de blikken vertellen.'

Ze trok de koektrommel naar zich toe en legde haar handen er omheen.

'Gisterochtend om kwart over tien kwam er een eerlijke vinder met deze trommel. Hij had hem gevonden en zich erover verbaasd dat iemand zo'n blik weggooide, want het ziet er toch gaaf uit. Wat doet iemand die een koekblik vindt?'

'Openmaken natuurlijk,' zei hij.

'Juist. En wat zat erin?'

'Niks, denk ik.'

'Denk je dan dat iemand met een leeg koekblik naar de politie gaat?'

'Nee, eigenlijk niet.'

'Er zaten cheques in, en girobetaalkaarten. Allemaal ingevuld op naam van de S.G. IJsselland dus onbruikbaar voor de dief. We zijn ermee naar jullie rector gegaan, meneer Van Prooijen, en die haalde de conciërge erbij, die het meteen herkende. Het is het blik waar het geld van de kantine altijd in bewaard wordt.'

Ze hield het blik zo dat hij het deksel goed kon zien.

'Met dit zeilschip erop, zei hij, dat was de kantinekas, dat kon niet missen. Hij was dolblij dat die cheques en girobetaalkaarten er nog in zaten, daardoor was het verlies tenminste wat minder groot.'

Annet zat te knikken.

'En hoe moet ik dan kunnen helpen?' vroeg hij.

'Wij hebben de heren niet verteld waar deze trommel gevonden is,' zei Elly Nieboer. 'Ik wil het jullie wel zeggen. Je weet dat er een afvalcontainer in het pad staat dat achter jullie tuinen langs loopt?'

Natuurlijk wist hij dat. Bij Hermans op de hoek waren ze aan het verbouwen en de aannemer had een grote metalen bak in het pad laten zetten. De arbeiders liepen met kruiwagens over een doorbuigende smalle plank tegen de bak op en stortten het puin erin. Die container versperde bijna het hele pad, zodat hij er met zijn brommer nog maar net door kon.

'Toen een van de bouwvakkers daar gistermorgen afval in wilde storten, lagen deze blikken en het kistje bovenop het puin van de vorige dag. Toen hij bij ons kwam, had hij alleen deze koektrommel bij zich. Die andere spullen hebben we opgehaald, ze waren allebei leeg.'

Hij zuchtte. Hield het dan nooit op?

'Wie doet dat nou toch de hele tijd?' zei hij moedeloos. 'Eerst komt er iemand die jullie vertelt dat ik in de school en in de manege ingebroken heb. Dan wordt het geldkistje van Rob de Bruin in onze tuin gelegd. En nu dit weer.'

'Ja, wie is dat?' zei Elly Nieboer. 'In ieder geval heeft hij met dat geldkistje een fout gemaakt, waardoor ik plotseling absoluut zeker wist dat jij het niet gedaan hebt.'

'Hoe dan?' zei Annet.

'Het is niet onder de struiken gelegd, het is vanaf het pad over de heg gegooid. Het zat nogal diep in de aarde gedrukt, dat kan niet als je het zomaar neerlegt. Als Ron het zelf gedaan had, zou je bovendien verwachten dat hij het begraven had. Maar ik heb nog meer gezien. Van de struik schuin boven het kistje, aan de kant van het pad, was een tak geknakt en een paar dunne takjes waren ontveld. Ik denk ook dat jij te slim bent, Ron, om deze spullen zo dicht bij huis in een container te gooien.'

Ze zocht in haar handtas, pakte een pakje shag en begon een sigaret te draaien.

'Ik zie twee mogelijkheden,' zei ze langzaam. 'Er is iemand die zo'n hekel heeft aan jou, of aan jullie allebei, dat hij jullie goed dwars wil zitten. Dan zou hij alles alleen maar gedaan hebben om te pesten. Of de dader voelt zich zo in het nauw gedreven dat hij de schuld op jou wil schuiven. In beide gevallen moet het iemand zijn die jou goed kent. Hij weet dat je kind aan huis bent in de manege, dat je niet aan de gymnastieklessen meedoet. Hij wist ook meteen dat je een nieuwe camera gekocht had. Wie heeft er een hekel aan je?'

'Marry,' zei Annet.

'Michel,' zei hij.

'Stop,' zei Elly. 'Michel? Is dat die vrij kleine jongen die altijd bij Marry Montez in de buurt is?'

Hij knikte.

'Toch kan hij het niet gedaan hebben,' zei hij. 'Hij deed zelf mee aan de gymnastiekles, toen die portemonnees leeggehaald werden. En . . .'

Hij zweeg. Als hij nu A zei, zou hij ook B moeten zeggen.

'Vertel het maar,' zei Elly. 'Ik kan aan je zien dat je ergens op zit te broeden.'

Hij kon zich toch vergissen. Toen iemand hém beschuldigde, leek het ook allemaal zo goed in elkaar te passen, dat zelfs de politie het geloofde.

'Wie heeft jullie toen gezegd dat ik het gedaan moest hebben?' vroeg hij.

'Ik kan je gedachten volgen,' zei Elly. 'Wij hebben er ook aan gedacht, zeker toen we er eenmaal van overtuigd waren dat jij de dader niet kon zijn. Iemand die jou verdacht maakte, toen al, om zelf buiten schot te blijven. Maar het was een telefoontje aan de rector, 's avonds laat, de avond voordat we jou voor het eerst ondervraagd hebben. Hij is opgebeld door de moeder van een jongen uit jullie klas, ik noem liever geen namen. Ze had van haar zoon gehoord dat zijn geld gestolen was en diezelfde middag had ze gezien dat jij een camera kocht. Ze was gelijk met jou in de winkel, ze kwam foto's afhalen. Die vrouw was te goeder trouw. Maar ze heeft de werkelijke dief wel op een idee gebracht, hetzelfde idee dat wij kregen omdat het zo voor de hand lag: met de sleutel van je vader kon je in de school komen, je weet de weg in de manege en je kent de gewoonten van meneer De Bruin. Maar... eh... waar waren we gebleven? O ja, jij zei dat Michel zelf meedeed aan de gymles en toen wilde je nog iets zeggen.'

'Die inbraak in de manege kan hij ook niet gedaan hebben. Daar is hij niet sterk genoeg voor.'

Elly zat hem peinzend aan te kijken. Ze knikte langzaam.

'Toen we dachten dat jij het gedaan had, hebben we die drie gevallen met elkaar in verband gebracht. Dat leek zo logisch. Bij ons verdere onderzoek hebben we er steeds rekening mee gehouden dat het ook drie op zichzelf staande zaken konden zijn. Nu heeft de dader er zelf weer twee aan elkaar gekoppeld door het geldkistje bij jou in de tuin te gooien en deze dozen in de container vlak bij jullie huis te deponeren. Dat is zo opzichtig en onhandig, dat hij het tegenovergestelde bereikt. In plaats van jou te verdenken vraag ik je of je me wilt helpen. Wie is er dan wel sterk genoeg?'

'Idema,' zei hij.

Annet zat hem met grote ogen aan te kijken.

Elly schudde haar hoofd.

'Die man hebben we na de inbraak in de school zo lang ondervraagd, hij kan het niet gedaan hebben, al was hij honderd keer de figuur die precies wist waar al het geld opgeborgen was.'

'Ik weet het niet,' zei hij. 'Hoe komt hij aan het geld om een paard te kopen? Een duur paard? Mijn vader kan dat niet en mijn vader en moeder verdienen allebei.'

'Heeft hij een paard?' vroeg Elly terwijl ze zichzelf een klap tegen haar hoofd gaf. 'We hebben naar leerlingen zitten zoeken die ook in de manege kwamen. Omdat veel dingen zo amateuristisch aandeden. Staat dat paard in dezelfde manege?'

'Ja,' zei hij. 'En hij laat Marry erop rijden. Omdat hij haar zo aardig vindt. Daarom heeft hij ook rijkleding voor haar gekocht...'

'Zie je wel,' viel Elly hem in de rede. 'Zie je wel dat je me kon helpen! Ik ga nog een keer koffie halen.'

Ze trok het deksel met het zeilschip van de koektrommel en zette de plastic bekers erop.

23

Boras was lastig. Als hij morgen ook zo reed kon hij het wel vergeten. Geen prijs, geen mogelijkheid voor Rob om het paard te verkopen.

Hij wilde absoluut niet aan de teugel lopen, hij stak zijn neus steeds vooruit en maakte korte dribbelpasjes. Maar het was zijn eigen schuld, hij was er met zijn gedachten niet bij. De hele dag waren er dingen gebeurd die hem steeds nieuwsgieriger gemaakt hadden, een groeiende nieuwsgierigheid die gisteren al begonnen was.

Toen Elly met de koffie terugkwam, had ze niets meer losgelaten. Ze zei dat hij haar een belangrijke aanwijzing had gegeven, dat hij haar op een idee had gebracht dat ze verder uit moest werken en met haar collega Grinwis wilde bespreken, maar wat dat idee was wilde ze niet vertellen.

'Nee, met mijn theorieën zal ik jullie niet vermoeien,' had ze met een blik op haar horloge gezegd. 'Ik moet eerst nog wat gegevens verzamelen en dan ga ik weer verder met juffrouw Montez. Ik zal jullie nu naar school brengen. Ik kan jullie moeilijk hier houden, al zou het me heel wat waard zijn als jullie met geen mens contact hadden voordat ik gesproken heb met een paar figuren die ik nu wel graag eens wil ondervragen. Kunnen jullie me beloven dat je niemand vertelt wat er hier besproken is?'

Dat hadden ze beloofd.

'Dan beloof ik van mijn kant dat ik jullie volledig op de hoogte zal stellen, zodra ik de zaak afgerond heb. Dat hebben jullie dan wel verdiend.'

Ze had hen naar school gereden en was met hen de brede trap naar de hoofdingang op gelopen. Bij het glazen hok van Idema naast de voordeur zei ze:

'Wachten jullie hier even.'

Zelf ging ze door de open deur naar binnen en bleef voor het bureau van Idema staan.

'Ik heb deze twee jonge mensen vanmorgen meegenomen naar het bureau. Ik moest weer eens even een gesprekje met ze hebben. Ze kunnen wat mij betreft naar hun klas gaan.'

Door de ruit had Idema hen misprijzend aangekeken.

'Begint er eindelijk schot in de zaak te komen?' zei hij.

'Het ziet er wel naar uit,' zei Elly, 'maar daar hoort u nog wel van.'

Ze draaide zich om, knipoogde en zei nogal bars:

'Naar de les, jullie. Als ik nog meer van jullie wil weten, hoor je dat wel. Ik weet jullie wel te vinden.'

Toen ze het lokaal van Visser binnenkwamen, was het daar de gebruikelijke puinhoop. Het uur maatschappijleer werd door de meesten gebruikt om huiswerk te maken, de les voor het volgende uur nog eens door te kijken of gewoon om te kletsen. Visser kon geen orde houden, er was nooit iemand die naar hem luisterde en daarom had hij er iets nieuws op bedacht. Taakverdelend groepswerk noemde hij dat. In groepjes van vier moesten ze verschillende aspecten van één onderwerp onderzoeken. Mishandeling was het de laatste weken: dierenmishandeling, kindermishandeling, vrouwenmishandeling. Hij werkte samen met Annet, niemand wilde hen erbij hebben.

Karin, Co en Michel zaten met z'n drieën, Marry was er nog steeds niet. Toen ze binnenkwamen keek Michel op en zei fluisterend iets tegen de anderen. Daarna zei hij hardop:

'Was dat niet die juffrouw van de politie, die jullie voor school op stond te wachten? Heeft ze eindelijk zoveel bewijzen dat ze jullie klem kan zetten?'

'Kom er maar af,' zei Rob. 'Je hebt je hoofd er helemaal niet bij. Als het morgen een beetje redelijk weer is, moet je hem eerst maar een uur losrijden in de buitenbak.'

Toen hij het zadel ophing, kwam Rob naast hem staan.

'Gisteren heb ik dat juffie van de politie weer op bezoek gehad. Ze wilde weten wat Idema voor zijn paard betaald heeft, ze zou het niet doorgeven aan de belasting. En wat het hem per maand kost.'

Hij knikte. Hij wist het al. Hij had zich eerst schuldig gevoeld, maar achteraf was hij blij dat hij zijn mond opengedaan had, anders zou Elly Nieboer geen belangstelling voor Idema gehad hebben. Dan zou ze Michel ook niet uit de les gehaald hebben.

Nog voordat Fischer het eerste lesuur had kunnen beginnen, stond de rector in de deuropening. Elly stond schuin achter hem. Michel gaf zijn buurman een por en zei iets en keek toen triomfantelijk naar Annet en hem.

'Michel,' zei Van Prooijen, 'stop je boeken in je tas en ga met ons mee.'

Michel was griezelig wit geworden. Met trage bewegingen had hij zijn tas ingepakt en als een slaapwandelaar was hij naar de deur gelopen.

Midden onder het vierde uur had de luidspreker in de hoek van het lokaal waarschuwend gekraakt. Het was Lengkeek, die om aandacht vroeg. In verband met de gebeurtenissen die zich de laatste weken hadden voorgedaan was er vanmiddag een bijzondere docentenvergadering. Ongeacht de afspraken die docenten misschien gemaakt hadden, binnen of buiten de school, was iedereen verplicht om half twee in het gymnastieklokaal aanwezig te zijn. De ernst van de zaak rechtvaardigde deze maatregel. Het niet-onderwijzend personeel werd verzocht deze vergadering bij te wonen en in de middagpauze het gymnastieklokaal voor de vergadering gereed te maken. In verband hiermee vervielen na het vijfde lesuur alle lessen.

Aan de andere kant van de muur achter zijn rug had hij een brugklas horen juichen.

'Zou het iets met die diefstallen te maken hebben?' vroeg Annet. Ze was na schooltijd met hem mee gegaan. Haar moeder verwachtte haar toch niet voor een uur of zes.

Zijn moeder zou op z'n vroegst om kwart voor vier thuiskomen en dan wilde hij eigenlijk al in de manege zijn. Hoe lang die lerarenvergadering zou duren wist hij ook niet. Zijn vader zou wel de pest in hebben. Geen les geven en in plaats daarvan een vergadering die een stuk van zijn vrije tijd opeiste – een stuk van het begin van zijn heilige weekend.

Ze hadden hun boterhammen in de kamer opgegeten, uit de plastic trommeltjes die ze anders in de kantine voor zich hadden staan. Staande hadden ze in de keuken een glas melk gedronken en toen legde Annet haar armen ineens om zijn nek.

'Ik ben zo verschrikkelijk gek op je,' zei ze, 'dat het soms gewoon pijn doet.' En toen zachter: 'Ik verlang zo naar je. Elke avond als ik de pil neem, denk ik aan je. Nu mag het nog niet.'

'Ga je mee naar boven?' had hij gezegd.

Ze had alleen maar geknikt en was voor hem uit de trap op gelopen. Ze hadden naakt in zijn bed gelegen en elkaar gestreeld en gekust.

Nog niet, had hij gedacht toen haar hand over zijn buik naar beneden gleed. Nog niet. Nog een paar weken. En hij had zich afgevraagd of hij het dan wel zou kunnen. Of het niet net zo zou gaan als die keer met Marry.

'Niemand weet dat wij hier liggen,' had Annet ergens in zijn hals gezegd. 'Zomaar een extra vrije middag. Omdat er ineens een lerarenvergadering is. Zou het iets met die diefstallen te maken hebben?'

'Dat moet haast wel,' had hij gezegd.

Hij had Idema vandaag niet gezien. Toen ze vanmorgen uit de bromfietsenkelder boven kwamen, zat Lips in het glazen hok van de conciërge te telefoneren.

Ze hadden zich net op tijd aangekleed. Hij had op zijn horloge gekeken en gezegd dat hij Rob beloofd had dat hij vroeg in de manege zou zijn. Annet had zich nog even languit tegen hem aangedrukt en was toen over hem heen uit zijn bed gestapt.

Hij had naar haar liggen kijken. Ze was zijn meisje.

Terwijl hij zijn linker schoen vastmaakte moest hij er ineens aan denken, dat hij de laatste tijd bijna niet meer aan dat ene been dacht. Omdat hij zoveel andere dingen aan zijn hoofd had? Of omdat Annet gezegd had dat dat toch helemaal niet erg was?

Hij stond bij de kapstok met één arm in zijn jack, toen zijn vader binnenkwam. Hij zag er vermoeid uit.

'Zo, gaan jullie al weer weg?' zei hij.

'Naar de manege,' had hij gezegd. 'Morgen is de grote wedstrijd, weet je wel?'

Zijn vader knikte en keek of hij er met zijn gedachten helemaal niet bij was.

'Hebben jullie nog wel tijd om te horen wat er op school besproken is?' vroeg hij.

Ze waren aan de eettafel gaan zitten. Annet en hij met hun jacks aan. Zijn vader had zijn ogen een beetje dichtgeknepen. Alsof hij tegen een scherp licht in keek. Hij moest hoofdpijn hebben.

'Ik zal het kort houden,' zei hij. 'Die wedstrijd van morgen is voor jullie ook belangrijk. Onze school is een gemeenteschool, dat weten jullie. Alle leraren en het niet-onderwijzend personeel zijn dus gemeenteambtenaren. De wethouder van onderwijs is onze directe baas. Lengkeek had vanmiddag de leiding van de vergadering, hij is plaatsvervangend rector. Van Prooijen mocht er niet bij zijn, de wethouder van onderwijs was er wel bij. Het ging allemaal om Idema. Die man heeft de boel jarenlang opgelicht, daar is de politie gisteren achter gekomen. Ze hebben de hele boekhouding van het schoolfonds en van het boekenfonds in beslag genomen. Idema heeft doodgewoon gefraudeerd, in de boeken geknoeid. Voor het boekenfonds liet hij de ouders meer betalen dan hij voor de boeken moest uitgeven, het verschil stak hij in zijn zak. Uit het schoolfonds nam hij bedragen die hij afboekte voor schoolreizen of voor de schoolbibliotheek. Er was toch geen controle, iedereen vertrouwde Idema. Alles bij elkaar moet hij in vier jaar zeker tegen de dertigduizend gulden verduisterd hebben.'

Zijn vader keek van Annet naar hem en streek toen over zijn voorhoofd en zijn ogen.

'Dertig-dui-zend-gul-den! Daar heb je een aardige auto voor. Of een paar leuke vakantiereizen.'

'Of een paard,' zei hij.

Zijn vader knikte.

'Of een paard, ja. Toen heeft Van Prooijen iets in de gaten gekregen. Juist door dat paard dat Idema kocht. In een weekend heeft Van Prooijen de boekhouding mee naar huis genomen en bestudeerd. Op maandagmorgen heeft hij Idema bij zich geroepen en toen moeten die twee een afspraak gemaakt hebben, waarschijnlijk dat Idema het hele bedrag zou aanzuiveren. Van Prooijen heeft er met niemand over gepraat, niet met de politie en niet met de wethouder. Stom van die man. Nu is hij geschorst, het zal er wel op uitdraaien dat hij ontslagen wordt. Hij wist dat Idema gefraudeerd had en meldde het niet. Daardoor maakte hij zichzelf medeplichtig. Stom.'

'En Idema?' vroeg Annet.

'Die wordt nog door de politie vastgehouden,' zei zijn vader. 'Die inbraak in zijn bureau heeft hij zelf geënsceneerd en met de inbraak in de manege heeft hij ook te maken gehad. Het geld van allebei die inbraken heeft hij op de rekeningen van het schoolfonds en het boekenfonds gestort. Van Prooijen moet dat begrepen hebben en toch heeft hij de politie op geen enkele manier geholpen. Ik begrijp niets van die man, hij is toch jarenlang een goede rector geweest.'

Zijn vader zat voor zich uit te kijken.

'Die man heeft geen mond opengedaan toen ze jou van die inbraken verdachten. Idema, bedoel ik,' zei hij. 'Ik heb vanmiddag ook geen mond opengedaan om hem te verdedigen of een goed woordje voor hem te doen. De gemeente heeft hem op staande voet ontslagen.'

Moest hij Rob vertellen wat hij van zijn vader gehoord had? Dat paard van Idema was dus met gestolen geld betaald. En Idema had de inbraak in het kantoor van Rob op zijn geweten. Maar als de politie hem dat nog niet verteld had, mocht hij dat dan doen?

Hij keek om zich heen of hij Annet ergens zag. Meestal kwam ze uit de kantine naar beneden zodra hij van zijn paard stapte. Nu was ze nergens te bekennen.

'Hoe laat kun je morgenochtend hier zijn?' vroeg Rob. 'Je moet om tien voor elf starten, dat weet je. Zou je om negen uur kunnen komen?'

'Ik denk het wel,' zei hij. 'Dan ga ik nu naar huis, of heb je me verder nog nodig?'

'Nee,' zei Rob, 'ik ga ook eten. En dan vanavond alles in orde maken voor morgen.'

Annet kwam op een drafje aanlopen. Ze had een kleur.

'Waar blijven jullie toch? Elly is er,' zei ze. 'Ze wil ons weer spreken. Jou ook,' zei ze tegen Rob. 'Ik heb maar vast koffie gezet.'

'Je begint je hier al aardig thuis te voelen,' zei Rob pesterig, maar toen ze het trapje naar de kantine op liepen, werd hij ernstig.

'Daar is mijn belangrijkste assistent,' zei Elly opgewekt. 'Jongen, als ik niet in dienst was, kreeg je een zoen!'

Rob stond met opgetrokken wenkbrauwen te kijken.

'Ik heb wel eens gehoord dat de politie je beste kameraad is,' zei hij, 'maar dit begrijp ik toch niet helemaal. Eerst wordt Ron verdacht en straks wordt hij nog door de politie geknuffeld?'

'Hij heeft me prima geholpen,' zei Elly en ze vertelde wat hij al van zijn vader gehoord had.

'Hoe moet het nu met het paard van die man?' vroeg Rob. 'Hoe zit dat officieel? Blijft het van hem? Hij heeft het toch met gestolen geld betaald?'

'Ja,' zei Elly. 'Toch is het zijn eigendom. Maar hij zal het wel zo gauw mogelijk willen verkopen, want hoe meer hij van het gestolen geld terugbetaalt, hoe gemakkelijker hij er bij de rechter vanaf komt. Ik weet trouwens niet of hij voortaan de pensionkosten nog wel kan betalen.'

'Moet ik daar dan voor opdraaien?' vroeg Rob.

'Die kosten kunt u weer op hem verhalen, eventueel verrekenen als hij het paard via u verkoopt.'

'En wie houdt dat paard in conditie? Mag zijn vrouw er wel op blijven rijden? Of Marry?'

'Zolang het officieel van hem is, mag zijn vrouw er op blijven rijden. Natuurlijk. Ik weet alleen niet of ze dat nog wel wil. En Marry zal zich hier wel niet meer vertonen.'

Ze keek Annet en hem aan.

'Marry heeft eindelijk alles verteld. Vanmiddag. Toen ik haar zei dat Idema gearresteerd was. Overigens hebben we hem alweer laten gaan. Alles is opgelost, hij kan geen bewijzen meer verdonkeremanen.'

'Wat heeft Marry verteld?' vroeg Annet.

'Dat wordt een combinatie van de verhalen van Marry en

Michel en Idema,' zei Elly. 'In het begin wilden ze niets loslaten, maar toen kwam Idema met zijn bekentenis en toen we Marry daarmee confronteerden, vulde ze zijn verhaal aan. Michel heeft ons vanmorgen de rest verteld.'

Ze nam een slok van haar koffie.

'Die Marry is een harde,' zei ze. 'Ze weet precies wat ze wil en ze is bereid om anderen voor haar karretje te spannen. Ze wilde graag van alles en nog wat hebben, maar ze had geen geld om iets te kopen. Ze had wel eens iets uit de portemonnee van haar moeder gejat en uit die van haar oma, maar dat waren maar kleine bedragen en ze had meer nodig. Toen ze op school een keer iets gekopieerd had, zag ze dat het geld in een sigarenblik gestopt werd, jullie kennen het. Ze is de conciërgeloge toen in de gaten blijven houden, ook na schooltijd, van een afstand, want ze was van plan geld uit de kopieerpot of het telefoonpotje te stelen.

Op een middag zag ze dat Idema het geld uit de kantinekas telde, een aantal bankbiljetten vlug in de zak van zijn jasje stak en de koektrommel toen in de brandkast zette. Dat heeft ze hem later nog eens zien doen, toen ook met geld uit de twee andere potjes.

Toen is ze op hem af gestapt. Ze heeft gezegd wat ze gezien had en dat ze naar de politie zou gaan. Die man wist zich natuurlijk geen raad, want hij begreep wel dat zijn geknoei met de boeken dan ook aan het licht zou komen. Maar Marry was helemaal niet van plan naar de politie te gaan. Als hij haar vijftig gulden gaf, zou ze haar mond wel houden.'

'Hoe oud is ze?' vroeg Rob.

'Zeventien,' zei hij.

'Dan heeft ze al vroeg in de gaten hoe je een ander onder druk kunt zetten,' zei Rob.

'Ja,' zei Elly. 'Het werd je reinste afpersing, ze eiste iedere week vijftig gulden. Tot Idema zo dom was om haar in vertrouwen te nemen. Hij vertelde haar dat hij een groot kastekort had en dat het geld op de een of andere manier terug moest komen. Wat konden ze daaraan doen?

De ideeën kwamen van Marry. Gebeurde het nooit dat er extra veel geld in de school was? Ja, als de tweede termijn van het boekenfonds betaald was. Dan moest Idema er maar voor zorgen dat het niet in de brandkast opgeborgen werd, want als daaruit gestolen werd, zou Idema onmiddellijk verdacht worden. Idema moest ervoor zorgen dat hij het hele weekend de stad uit was, van vrijdagavond tot maandagochtend vroeg. Hij heeft met vrouw en kinderen een weekend bij zijn broer in Amsterdam doorgebracht.

Marry heeft het geld in de nacht van zaterdag op zondag weggehaald. Ze had de reservesleutel van Idema, die ze daarna gewoon bij hem in de brievenbus gestopt heeft. Ze heeft net gedaan of ze probeerde de brandkast open te breken om het echter te laten lijken. Ze heeft ook een raam opengezet.

Daarna heeft ze een fout gemaakt. Ze heeft het kistje en de blikken niet meteen weggegooid. Ze durfde ze ook niet thuis te bewaren en daarom heeft ze Michel ingeschakeld, die er thuis op de rommelzolder wel een veilig plekje voor wist. Het geld heeft ze allemaal aan Idema gegeven. Die man moest immers geholpen worden? Maar ze eiste nu wel honderd gulden per week van hem. En later heeft ze hem ook gedwongen haar op zijn paard te laten rijden.'

'Dat deed ze trouwens niet slecht,' zei Rob.

'Inbraken beramen ook niet,' zei Elly. 'Het plan om hier in te breken was ook van haar. Alles nog steeds om Idema aan geld te helpen. Maar dit keer moest hij het wel zelf doen. Ze hebben hier buiten staan wachten tot u het erf overstak om thuis te gaan eten. Idema heeft de deur van uw kamer geforceerd en daarna uw bureau, terwijl Marry hier vanuit de donkere kantine kon zien dat u thuis aan tafel zat. Het lege kistje kwam weer bij Michel terecht.'

'En die heeft het later bij ons in de tuin gegooid,' zei hij.

Elly knikte.

'Ja, samen met Marry, toen ze bang geworden waren. Het was zoals we gisteren al vermoedden. Jij was één keer door ons verdacht, als de verdenking opnieuw op jou viel, konden zijzelf gerust zijn.'

'Die portemonnees,' zei Annet. 'Wie heeft dat gedaan. Had Idema daar ook mee te maken?'

'Nee, hij was er gisteren zelfs nog van overtuigd dat Ron dat gedaan had. Dat heeft Marry op haar geweten. Samen met Michel.'

'Maar...' zei hij.

'Ja, ik weet het, hij was in de gymnastiekles en hij was zelf veel geld kwijt, dat zei hij tenminste. Ze hadden het zorgvuldig doorgepraat. Een half uur voor het eind van de les zou Marry naar de kleedkamer gaan. Ze dacht vijf minuten nodig te hebben. Als de gymnastiekleraar, hoe heet hij ook alweer...?'

'Bos,' zei hij.

'O ja, als Bos in die tijd weg wilde gaan, zou Michel hem wel bezighouden. Het was niet nodig. Marry is de school weer uitgelopen, heeft een eind verderop op een vriendin staan wachten en is met haar samen opnieuw naar school gegaan. De buit hebben Marry en Michel samen gedeeld.'

'Dief en diefjesmaat,' zei Annet.

'Zo noemden ze Annet en mij,' zei hij.

'Dat is toch wel heel grof,' zei Rob.

Elly stond op.

'Ik geloof dat ik nu wel eens een vrij weekend verdiend heb,' zei ze. 'Vanaf dit moment heb ik geen dienst meer.'

Ze liep om het tafeltje heen en gaf eerst Annet, daarna hem een zoen.

'Bedankt,' zei ze. 'Zonder jullie zou het langer geduurd hebben.'

'Dit moment moet je goed onthouden,' zei Rob. 'Dat kunnen jullie later nog eens aan je kleinkinderen vertellen. Allebei gekust door één politieagent, dat kunnen er niet veel beweren!'

24

'We hebben gekeken naar de verrichtingen van Joke de Groot op Zenta,' klonk de lijzige stem van de omroepster uit de luidspreker boven de buitenmanege. 'Dan mag Arie Gerlach op Aram nu binnenkomen. En wil Ron Slot op Boras zich gereedhouden?'

Hij keek op zijn horloge. Bijna elf uur, dan liepen ze nu al twintig minuten achter op het programma. Hij moest in beweging blijven, hij had Boras nu lekker los. De temperatuur werkte gelukkig mee, de zon gaf al warmte. Hij was nat op zijn rug en onder zijn armen. Boras zweette ook, op zijn borst en onder zijn manen. Even liet hij zijn hand strelend over de manenkam glijden. Boras antwoordde door zijn oren vlug naar achteren en meteen weer naar voren te draaien.

Annet stond bij de omheining met haar gezicht in de zon. Hij had haar nog niet kunnen vertellen wat er gisteravond gebeurd was.

Toen hij uit de manege thuiskwam, waren zijn vader en moeder allebei sikkeneurig geweest. Zijn vader streek telkens met zijn hand over zijn voorhoofd en zijn ogen, zijn moeder keek of ze gehuild had. Even was hij bang geweest dat ze nu toch weer ruzie gemaakt hadden, maar Linda bleek opgebeld te hebben. Ze had te horen gekregen wat Marry allemaal uitgehaald had en dat moest ze aan zijn moeder kwijt. Ze hadden beloofd dat ze naar Linda zouden gaan.

'Dat vind je toch niet erg?' vroeg zijn moeder.

Hij had zijn hoofd geschud. Het kwam hem wel goed uit. Hij voelde zich vies na het paardrijden, hij kon zichzelf ruiken. Hij wilde een lekkere douche nemen en dan vroeg naar bed gaan. Bij de wedstrijd van morgen stonden er zulke grote belangen op het spel, dat hij graag goed uitgerust wilde zijn. Dat had hij ook tegen Annet gezegd, vanavond moesten ze elkaar maar niet zien.

Na het douchen was hij even besluiteloos in de badkamer blijven staan. Hij had nog helemaal geen slaap, eigenlijk wilde hij nog wel kijken of er iets op de televisie was en iets drinken, maar hij wilde zich er niet voor aankleden en hij voelde er ook niets voor om in zijn onderbroek in de kamer te gaan zitten. Hij had de lange badjas van zijn moeder van het haakje naast de deur gepakt en aangetrokken en was op blote voeten naar beneden gelopen.

Met een glas melk in zijn hand liep hij van de keuken naar de kamer, toen er aan de deur gebeld werd.

'Mag ik binnenkomen?' vroeg Marry en hij zag dat ze naar zijn dunne blote benen keek, die een heel eind onder de roze badjas uitstaken. Hij moest er belachelijk uitzien.

Ze ritste haar jack los, hing het aan de kapstok, schudde haar haren naar achteren en liep voor hem uit naar de kamer. Ze liet zich in een stoel vallen. Hij ging op de bank zitten en trok zijn blote voeten onder zich.

Marry zat met de punt van haar schoen te draaien. Die bewegende voet leek het enige waar ze belangstelling voor had. Hij kon het niet laten er ook naar te kijken.

'Ron, ik heb er spijt van,' zei ze plotseling. Ze zat hem met donkere ogen aan te kijken.

'Wat bedoel je?' vroeg hij.

'Alles,' zei ze. 'Ik ben van school gestuurd, ik mag er nooit meer terugkomen. Ik heb er spijt van dat ik zo tegen jou gedaan heb. En tegen Annet.'

Hij knikte. Wat moest hij daarop zeggen?

'Kan het weer goed worden? Tussen jou en mij?'

Hij zweeg. Wat bedoelde ze? Wilde ze alleen maar gewoon goeie vrienden worden?

'Ik was toch jouw meisje?'

'Was,' zei hij. 'Dat ben je niet meer. Dat kan ook nooit meer.'

Toen was ze gaan huilen. Er waren tranen in haar ogen gekomen, ze had haar hoofd gebogen en bijna zonder geluid gehuild. Ze had haar handen gevouwen gehouden alsof ze

Hij was op zijn blote voeten naar haar toe gelopen. Met half dichtgeknepen ogen stond ze naar hem te kijken. Hij wist dat hij er lullig uitzag in die roze badjas van zijn moeder.

'Wat zal Annet gelukkig met je zijn!' zei ze hard. 'Een mankepoot die niks kan!'

Hij had deze dressuurproef al zo vaak geoefend en voor zichzelf doorgelezen, dat hij de commando's van Rob bijna niet nodig had. Het ging goed, het liep lekker, dat voelde hij niet alleen, dat zag hij ook aan het gezicht van Rob, elke keer als hij bij hem langskwam. Nog even en dan zat het erop. Dan moest hij wachten op het oordeel van de jury. Er moesten er nog zes na hem rijden, dat betekende nog een heel uur onzekerheid.

'Van B naar K van hand veranderen in uitgestrekte stap,' las Rob voor. Hij voelde Boras onder zich langer worden. 'Bij K arbeidsstap. Bij A afwenden. Op X halt houden en groeten.' Boras stond mooi vierkant. Hij nam de teugels in zijn linker hand, nam met zijn rechter hand zijn cap af en groette de jury, die zijn bolhoed even voor hem oplichtte. 'Over C-H-E-A in vrije stap de rijbaan verlaten.'

Het zat erop. Hiervoor had hij zoveel uren geoefend. Hij was tevreden. Nu nog afzadelen en het paard verzorgen. En dan aan Annet vertellen wat er gebeurd was.

Hij reed naar de grote schuifdeur om naar de stal te gaan.

'Ron Slot,' zei de omroepster via de luidspreker, 'wil je je nog even bij de jury melden?'

Hij keerde en reed Boras in stap naar het houten hokje dat alleen bij wedstrijden onder de ramen van de kantine gezet werd. De keurmeester had zijn bolhoed voor zich op tafel gelegd en boog zich nu ver voorover.

'Jongeman,' zei hij. 'Dat was een keurige proef, de beste die ik tot nu toe gezien heb. Je hebt er nogal wat zevens tussen staan en zelfs een paar achten. Alleen voor het laatste onderdeel... weet je uit je hoofd wat dat is?'

'Houding en zit van de ruiter,' zei hij, 'en de juistheid van de hulpen.'

'Precies,' zei de man. 'Daarvoor heb ik je een onvoldoende moeten geven. Ik zag het meteen al toen je binnenkwam. Je hebt de beugels ongelijk.'

Hij keek over het juryhok naar de ramen van de volle kantine. Annet was er niet meer. Ze was natuurlijk meteen naar beneden gegaan toen hij naar de uitgang stapte. Hij keek vlug over zijn schouder. Ze stond bij de open schuifdeur.

'Dat weet ik,' zei hij tegen de jury. 'Het kan niet anders.'

Hij klopte op zijn linker knie en zei:

'Dit been is korter. Dat scheelt wel twee centimeter.'